慢讀聖經

寫給每個人的生命智慧

琹涵

目次

卷二 一天的難處一天當

卷三 溫良的舌是生命樹

卷四　一生果效由心發出

寫在前面

長路何迢迢，只為《慢讀聖經》

從小我是一個喜歡閱讀的小孩，只要有文字，都讓我深深著迷。孜孜矻矻，也夜以繼日的讀著，樂此而不疲。隨著歲月的流轉，我長大了。

在回顧時，我的確讀了許多各式各樣的書。喜歡的，精讀；不那麼喜歡的，只是隨手翻過。然而，不管怎樣，閱讀豐美了我的心靈，讓我能篤定、從容地過著我喜歡的生活。

我以為，閱讀對我的意義就在這裡了。陪伴、帶領和啟發，讓我的日子雲淡風輕。這已經太好了，我從來不曾冀望要更多。

然而，上天是有祂的旨意的，只是我一無所知。

當我開始寫書時，那些記憶裡熠熠生輝的好書，不時來到我的腦海裡。如詩詞曲賦，如語錄小品等等。只是這樣，我有空時想起，又把它們翻找出來重讀一次。

那時候，散文寫了好久，都有四十年了吧？在寫了六十本美麗的書之後，我問自己：到底我還想要寫些什麼呢？

有朋友建議，在生活散文裡加入詩詞，或許是個不錯的嘗試。我也真的寫了，書市的反應挺好，令人驚訝。

原來，年少時候我喜歡的書，可以這樣和現代生活相結合，展現了另一種更親和的面貌。您讀過嗎？還覺得喜歡嗎？

那麼，往後呢？還有怎樣的書寫可能？……我經常陷入這樣的反覆思索中。

這次題材是不同以往的全新嘗試，為什麼想要寫這本書？您是教徒嗎？

我只是一個愛書人，倒是差一點成為基督徒。

在十幾歲時，我開始讀聖經，朝夕誦讀，那些金句進入了我的心中，成為我待人接物的準繩。我的言行舉止從來不曾有所逾越，我以為，那是來自家教的嚴謹和學校教育的成效。很久以後，我才明白，長年的閱讀，好書的薰陶功不可沒。《聖經》是其中的一本。

《聖經》是全世界最暢銷的書，歷久而不衰。對喜愛閱讀的我來說，哪裡可能錯過呢？其中的金句，對我一直是具有引領的作用，是我人生道路上的光，讓我能不遲疑徬徨，懷著信心，勇敢前行。

寫《慢讀聖經》，在我是一種真誠地分享。分享我讀《聖經》的無盡喜悅，我以為，那是一種生命的溫暖陪伴。分享我從《聖經》中所領會的種種想法和心得，我以為，那也是一種快樂。

如果您從十幾歲開始讀《聖經》，顯然是在幾近半個世紀以後，才寫出了《慢讀聖經》，需要經歷這麼漫長的歲月嗎？或者其中有什麼樣的故事呢？

的確是。我認真讀《聖經》時，年十九，剛進大學。

或許是因為離家好遠。儘管我十六歲就已經離家讀高中，寄宿在外了；但畢竟離家不遠，如果真的想家，也還是得以飛奔回去的。可是，讀大學時，學校在高高的山上，南北遙隔，心中思念，然而插翅也難飛。那時，有人送了我一本《聖經》，我日夜勤讀，無論晨昏。

然而，我內心仍有太多的疑團未解，可是，我能向誰去請益呢？為此，我甚至參加了「聖經函授學校」的研習班，依舊用心的讀《聖經》，寫作業，還寫我心中的各種疑問。新的作業會按期寄來，但是，我的疑問從來不曾有人回答。如此四年。

或許，這是我和可能成為基督徒的機緣擦肩而過。

但，我還是喜歡《聖經》。作為一本書，它豐富而且精采，對我的啟迪尤其深遠。也是在很久很久以後，我才明白，影響我的並不只有這些，它甚至融入我的心靈，成為骨血，牽動了我的言行舉止。

學生時代，我寫作，投稿，也只是習作。距離「作家」的路途還十分遙遠。

後來我出書，早年的書，依然看得出有《聖經》的影子，甚至出版社的發行人還曾經當面問過我：「妳是基督徒嗎？」

我笑笑地回說：「不是。」

她很狐疑：「可是，妳的許多遣詞用字都是出自《聖經》的句子呢。」

我微笑，沒有解釋。她哪裡知道我曾經扎扎實實讀了整整四年的《聖經》？

那麼，誰會是《慢讀聖經》這本書的幕後推手？

感謝有她，她是吳涵碧小姐——《吳姐姐講歷史故事》的作者，目前正在撰寫《吳姐姐講聖經故事》。

我們在《中華日報》認識，原本只是主編和作者的關係，後來成為一生的朋友。因為兩個人都喜歡閱讀，也經常交換好書情報。

在她成為基督徒以後，無意間，她發現，我從二〇〇九年開始重讀《聖經》，她花了將近六年的時間不斷來遊說我寫一本跟《聖經》有關的書。

我一直不肯，因為可寫的題材很多，吸引我的更多。我找各種理由來拒絕，「我很累」、「我不行」、「我的身體不好」、「我沒有力氣」……她還是繼續遊說，可見鍥而不捨，毅力非常驚人。

後來我答應了。既然允諾，無可逃躲。努力寫了兩年多才完成，書的製作需要時間，預計今年的三月可以上架。

我不是千里馬，但是她必然是伯樂。

感謝有她，從此，我的人生不敢怠惰。

《慢讀聖經：寫給每個人的生命智慧》是這樣成書的，也算是曲折有趣了。

《聖經》近一百萬字，如此龐大的巨著，好奇您如何選擇放入本書的文字？

我對自己感到新奇或很有興趣的書，常是正襟危坐，從第一個字讀起，不願有所遺漏。《聖經》我也是這樣讀的。

因為長年的閱讀《聖經》，加以我平日有寫筆記的習慣，書中有許多章節是我耳熟能詳的。初讀《聖經》的那些年，我只是由於喜歡而親近，因親近而受到薰陶。《聖經》可以為良師益友，這是我極為確定的。它是一本暢銷好書，帶領無數的世人，同走真理的大道，也同樣深深感動了我。然而，當時，年少的我又如何能預測到五十年後的自己會寫出《慢讀聖經》呢？

至於，如何選擇放入本書的文字？

那是再自然不過了。

當我在寫一篇生活小品時，某些《聖經》中的章節名句會主動浮現在我的腦海，我只要將它們由腦子中移向文字裡，給一個適合的位子；有時候甚至是幾個不同的章節金句同時攜手一起出現，那時候，就要仔細地加以評估，選擇最合宜、貼切地來搭配。

我不知道我做得好不好，只是盡力而為。

我夠認真，反覆閱讀後，來寫《慢讀聖經》這本書，至於是非成敗，恐怕非我所能置喙了。因為，強中仍有強中手。比我高明又有深入研究的人太多了，我願懇切地請教，希望他們有以教我。

寫作的長路迢迢，只但願能拋磚以引玉。

我想：有可能，我用了一個很笨的方法來寫此書，但請相信我的誠意滿滿。

歲月是一條莽莽蒼蒼的大河，也教導了我們許多。隨著時光的推移，我們學習、成長，有些事是水到渠成，有些則是冥冥之中的注定。我敬謹領受，一無怨悔。

或許，還需要更長遠的時間，當人生回眸，許多往日迷迷濛濛的記憶，原本看不真切的，到那時終究變得明晰起來，我們才恍然明白上天的深意吧。

您曾說這本書不只寫給基督徒看，而是希望每個人都能讀。為什麼希望人人都讀這本書？

是的，《慢讀聖經》我希望將它定位在大家的書，也是愛書人的書。

我自己喜歡閱讀，讀過古今中外許許多多的名著經典。即使如此認真的讀，可是，書海浩瀚，我所能讀到的，也不過如同大海中的一瓢；然而，那已經豐富了我原本貧瘠的人生，也讓我走在一條更好、更有意義的路上了。

我深知閱讀種種的好，我但願我所寫的書也有幸能列在好書之中。《慢讀聖經》希望能被您看到，也希望您會喜歡。

這只是一個愛書人所寫的一本跟《聖經》有關的書。可是，因為此書的生活化，它帶著親和的面貌和您相見，其中的《聖經》金句，成了此書最大的亮點。當您走在崎嶇的人生道上，孤單和寂寞襲來，因著《聖經》中佳言美句的引領和撫慰，您的心靈會增添了無比的勇氣，您並不孤苦，因為您從來不是孤獨的一個人，您與愛同行，永遠都蒙受到上天的祝福。

當您翻開《慢讀聖經》時，我真誠的祝福也在其間，您讀到了嗎？發現和領會了嗎？

您覺得《聖經》是一本什麼樣的書？

聖經並非由某一作者在一個時期所寫的單一著作，而是依據從古代以色列、猶太時代起到早期的基督教止，超過千年所流傳下來的無數文書，編纂而成的群書或選集。內容豐富，有歷史、故事、敘事詩、抒情詩、讚歌、傳記、書簡、啟示錄等文學形式，和人有關的生活和經驗全都包含在其中，應有盡有。但全書的主題在神的啟示，神所給予其造物的人的契約及其成就。

舊約聖經有三十九書，新約聖經為二十七書，共計六十六書。

舊約聖經探討神耶和華和選民以色列民族的關聯。新約聖經則記載基督教徒的救世主耶穌的言行以及聖徒們的傳道活動。至於天主教則將新教徒不承認是正典的外典，包含在舊約聖經中。

這讓我想起了我們的《論語》。孔子和弟子，耶穌和門徒，都各自留下了震古鑠今的巨著，也都影響了難以計數的後人，帶領著他們的心靈衝破橫逆，堅忍不拔，成就了更為出色的人格。

儘管《論語》是儒家的經典，《聖經》則是宗教的典籍。然而，這不也是中西文化的相互輝映？

也許您會說：《論語》畢竟未能暢銷全世界，影響力到底有所不及。

真的是這樣嗎？

隨著中國大陸的崛起，挾其地大物博、人口眾多的優勢，展現了經濟的強大實力，我們又怎能預知它不會後來居上呢？文化總是追隨在政經之後，發揮了它長遠的影響力的。

如果真的「半部論語治天下」，那麼一部《論語》呢？誰能說，有朝一日它不會風靡全世界？

值得我們拭目以待。

您希望讀者如何閱讀這本書？

閱讀的樂趣在於無所拘束，沒有預料的期待，更能領會閱讀所帶來的諸多快樂。

既然如此，那麼就隨心所欲的讀吧。或精讀或翻讀，有什麼不可以呢？每篇的文字都是生活的小故事，篇幅也不長，您可以隨意讀它幾則，也可以隨時放下，有空時再繼續。喜歡時，多讀幾遍，或者記住讓您怦然心動的聖經金句，也許，您往後的人生也會因此熠熠生輝，閃耀著美麗的、智慧的光芒。

那麼，您便領會了閱讀此書的美好。

我們對自己喜歡的書，有時候，也像是以好友相待，是值得晨昏相依、時刻相隨的。

我也喜歡讀跟《聖經》有關的祈禱詞。例如：名聞遐邇的〈麥帥為子祈禱文〉，我們都曾在國中國文課本中讀過，寫盡了一個父親對兒子由衷的期望與愛，令人感動深刻，難以忘懷。

著名的美國神學家尼布爾（Reinhold Neibuhr）有一段膾炙人口的祈禱詞說：「願上帝賜我平靜，接受我無法改變的事；願上帝賜我勇氣，改變我能改變的事；願上帝賜我智慧，能夠分辨兩者的差異。」這幾乎已成為我人生的箴言。

生命裡所遭逢的挫敗和困頓何其多，好書是我們心靈的依靠，讓我們都能勇敢前行，走向有意義的，更美好的未來。

雙魚座的涵碧，遇上了水瓶座的琹涵，終於一起做了一場大夢，非常幸運的是美夢得以成真。

這本書《慢讀聖經：寫給每個人的生命智慧》曾經得到許多人的善意協助，尤其是王敏萱小姐對聖經經文的細心核對，潘秀霞牧師、彭懷真教授和好友吳涵碧小姐的熱誠推薦，我的感激無可言喻。

謝謝主編瓊如的費心，謝謝木馬文化，更要謝謝讀這本書的您。

琹涵　二〇一八年元月

卷一　常常喜樂凡事謝恩

黃昏時
滿天的雲霞繽紛
是那許多喜樂和感恩
豐富了人生的行囊

一天幸福的開始

一天的幸福從哪裡開始呢？
有人從一杯香氣四溢的咖啡開始。
有人從美好的音樂聲中開始。
有人從陽光的照臨開始。……
我呢？我從工作開始。
我每天工作的時間很長，別人看來總覺得太辛苦，我卻樂在其中。
坐在我對面的同事就曾經跟我說，他覺得我簡直是「苦行僧」。呵呵，過獎了，我還遠遠不及呢。

能工作是幸福，能快樂的工作更是天大的幸福。

倘若無法工作，或許是因為沒有機會，沒有能力、體力。那，不是非常不幸嗎？我有工作，而那工作還是我喜歡的、有興趣的，何其幸運！更應該好好珍惜，努力以赴了。

我非常喜歡《以弗所書》四章2節：「凡事謙虛、溫柔、忍耐，用愛心互相寬容。」

眼前的時光有多麼的可貴，我們都應當珍惜好年華。在年少時就要心中有愛，懷著謙卑的心且不斷的努力，願意與人為善。我如此的認真不懈，也只是為了能接近自己心中美麗的夢想。縱使需要忍耐吃苦，也一往無悔。我跟自己說：努力了就好。至於，能否心想事成，那就交給上天了。

昨天，我的好朋友在電話裡問我：「妳好嗎？」

我不假思索的回說：「很好。」

她說：「那太好了。」

我很驚奇：「有人不好嗎？」

「有啊，有人身體不好，有人遇事不順，有人人際關係陷入膠著，有人婆媳不和，有人親子不睦……」

這麼說來，我更應該肯定自己手中的幸福了。

是的，沒有生病，沒有任何的不適，沒有要操心憂煩的事，家人平安，一切都在軌道上。我可以有自己喜歡的工作，更可以盡量發展自己的興趣。

擁有這般靜好的歲月，我何其幸福！

《以弗所書》

《以弗所書》的開頭是恩典，結尾也是講恩典，全書都是講恩典。《以弗所書》的恩典，乃是神給人得著，成為人的享受。

【延伸閱讀】

《以弗所書》三章20節：神能照著運行在我們心裡的大力充充足足地成就一切，超過我們所求所想的。

《以弗所書》五章17節：不要作糊塗人，要明白主的旨意如何。

《以弗所書》六章13節：所以，要拿起神所賜的全副軍裝，好在磨難的日子抵擋仇敵，並且成就了一切，還能站立得住。

美好的聲音，也如歌

冬日晴好，連台北都出太陽了。

我望著窗外，陽光亮麗，樹葉青碧，真是一個美好的春節假日。聽說南部都有二十八度了，哪裡像是冬天呢？

以亮麗的陽光相迎。讓我相信這新的一年必然大好。

大年初一，我依舊照常工作。寫作，當然是要用心寫，不應懈怠。

其餘的時間，要好好閱讀，更要認真生活。

電話鈴響，我去接。聲音美妙到不行，有如天籟。

對方說了名字，原來是認識的。我覺得他以前的聲音好像沒有這麼好。他卻說，嗓子教書教壞了。不會啊，我覺得還是很佳啊，有些許歲月的滄桑，反而顯得特別的迷人。

幸好，我距離小女生的年代太過遙遠了，竟覺得恍如隔世。要不，如此美好的聲音對我是極具吸引力的。

年華漸老的好處是，所有的繁華，一如流光夢影，稍縱即逝，再不會目眩神搖了。在意的，反而是本質的善良與真淳。

然而，好聽的聲音，到底不可多得。就像是上天送的一份好禮，並非人人都有。因而也該珍惜與善用，不宜辜負了。

我剛教書時，據學生們說，聲音清亮，也很迷人。不想三五年後，日日在課堂上聲嘶力竭的結果，畢業的學生前來探望，幾乎要哽咽。那完全不可置信的模樣，令我印象深刻。好似我的聲音幾經摧殘，早已全毀了。我自覺是啞了一些，十多年後用了麥克風講課，加以離開職場後的休養生息，情形稍見好轉，但也無法重回舊觀。

比起我的同事們因聲帶長繭而開刀，我算是幸運的了。

多年前，我認識了一個廣播界的朋友，聲音也的確很好。有趣的是，每回我打電話給她，她總是說，她的嗓子還沒有開。或許意思是，如果嗓子開了，聲音會更好。有一次，我稱讚她的聲音美好，宛如銀鈴。她卻說，「聲音不過是個器皿罷了。」我想，是她客氣了。

好聲音讓人羨慕，更重要的是說了什麼？是有意義的話嗎？是以誠懇和充滿了關懷的愛意來說嗎？

《哥林多前書》十三章1節：「我若能說萬人的方言，並天使的話語，卻沒有愛，我就成了鳴的鑼，響的鈸一般。」所以，愛，才是一切的根源。其重要性不言可喻。

好奇怪，我曾聽過幾次美好的聲音，竟然都來自男性。會不會，我以為女性的聲音本來就應該好，因而有了更高的期待、更嚴格的要求呢？

聲音悅耳，當然是好，我還希望能自然一些，宛如行雲流水，無所窒礙，真是美好啊。當然，說話的內涵更是不可輕忽，那必然來自學養與修為。誠懇與愛，更是必須。

我不知道，我會不會是奢望太多了呢？

早上就跟著這好聽的聲音一起談天說地，真是快意平生。也許上天看我太可憐了，全年無休，連大年初一也還在努力工作；於是派了一個天使來陪我說說話，就算是辛勤工作的犒賞吧。

電話在十二點半結束。

美好的聲音，如歌，也彷彿讓我的心田中長出了一朵美麗的小花，在風中搖曳，也在陽光下歡唱。

《哥林多前書》

是新約聖經全書第七卷書，也是使徒保羅為哥林多人所寫的第二封書信，收錄在新約聖經的保羅書信集當中，第一封先前的信已散佚。《哥林多前書》主題：基督與十字架，是教會一切難處的解答。是使徒的辯論、指責和定罪，使受迷惑的哥林多信徒轉向並注重基督的引導。

【延伸閱讀】

《哥林多前書》三章8節：栽種的和澆灌的，都是一樣，但將來各人要照自己的工夫得自己的賞賜。

《哥林多前書》七章3節：丈夫當用合宜之分待妻子；妻子待丈夫也要如此。

《哥林多前書》十六章14節：凡你們所作的都要憑愛心而做。

他們都在

如果你是我的新朋友，你一定會覺得，我很陽光，常做正向思考。

大致上，也是對的。

可是，這是經過長期的學習。我原先不是這樣的人，我的思維也很負面，常常覺得彷徨無依，尤其在我欠缺自信的時候。

所以，建立自信很重要。

從興趣著手，從專長開始。逐漸累積，日子久了，積累下來，就會看到一定的成效。恐怕大出自己的意料之外呢。當你的能幹或才華可以輕易超過同儕，甚至反過來為同儕提供協助時，你已經擁有了很好的人緣和人脈。也可以彼此支援，讓對方的能幹或才華為自己所用，你並不需要樣樣都能，卻擁有很好的成績。當然，你也必須支援對方，這是互助合作，也可以是團隊的精神。

如今的社會早已脫離了個人英雄主義，講究的是團體合作，相輔相成。

前幾年，我的房子整修，平日我不算購物狂，自認東西不多，除了愛買書，其餘並沒有太多的收藏。可是單那些書，滿坑滿谷，早已氾濫成災。平常他們躲在櫥裡、櫃裡、箱裡，外顯的不多，這下子全都冒了出來，簡直是一場可怕的災難。既然房子要整修，家具因此丟了大半，新家具如何進門來？全賴妹妹四處探看，我只負責作最後的決定和付費而已，省事好多。妹妹是我們手足中最具有藝術品味的，由她先行過濾，讓我省力不少，也讓我深有感觸，只要手足的感情好，對方的長處依舊得以享有而無須事必躬親。

所以，親密的手足，是我今生的財富之一。而這份親密的感情是根源於愛。

一如《哥林多前書》十三章13節所說：「如今常存的有信、有望，有愛這三樣，其中最大的是愛。」

信、望、愛，是我們所仰望的，而愛尤其值得看重。愛，是一切的根源。不是嗎？

當你能夠跟手足有很好的互動，或許跟朋友們也不會太難，這形成了一個支持網，你未必用得到，但是它的存在是必要的。可以在生活上的彼此協助，更可以在精神上的相互支持。

如果我是快樂的，也是因為我篤定而安心。我知道在這個世界上，有為我所愛也愛我的人，我從來無須擔心，他們都在。

團圓裡的思念

一年裡，有很多的節日。四季都有讓人難忘的佳節，你最喜歡哪一個節日呢？

其實是各有千秋的，年少的時候，我一定會說：「每一個節日，我都很愛啊。」

的確是。每個節日都有它特殊的食品，元宵節吃湯圓，端午節吃粽子和荔枝，中秋節吃月餅和柚子……哪個孩子能抗拒那許多美味的吃食？何況是在我們那個普遍貧窮的童年。

有最多東西可吃的，恐怕是在除夕的團圓晚飯上。

我喜歡除夕，尤其是那個熱鬧滾滾的年夜飯。那時候，奶奶跟我們一起住。過年，有種種的講究。要拜拜，要三牲、五牲，要炊粿，要水果、鮮花。總之，越豐盛越好。我們還在孩提年代，對世事是懵懂的。我們的快樂，來自於有吃有喝，就好。如果還能沒有限量，那更好。

經濟的困窘，父母的難為，距離我們都太遠了。我們整天數著牆上的日曆，一頁又一頁的撕去，好慢啊。太陽升起，太陽西落，也好慢啊。

終於，就在我們的殷殷期盼之下，除夕到了。

為了奶奶的拜拜和除夕的團圓飯，媽媽早在這之前就已經進出市場無數次了，買來的東西堆積得廚房滿滿。也是一種難得一見的豐盛。媽媽又炊又煮，在奶奶的指揮和號令之下，果然供桌上都是祭拜品，除夕那天要拜拜，先拜神明，後拜祖先。我們也跟著行禮如儀。除夕這天的拜拜稱為「辭歲」，目的是要感謝眾神及祖先一整年來的照顧與庇祐，所以豐盛的酒菜絕對少不了；同時也要秉持著感恩惜福的心情來祭拜，據說祭拜時愈虔誠，得到的福蔭也會愈多。讓菩薩和歷代祖先保佑我們在新的一年裡時時平安、事事順遂。

年夜飯果真是重頭戲，遠在台北讀大學的叔叔，也回到了我們的南方小鎮，我們也還在童年，沒有人離家或工作或遠遊，相聚相守都並不難。我們吃吃喝喝，大快朵頤。說笑話，拼命吃，我們以為年年都有今日，哪裡會知曉，家人團圓，是多麼難得的福分！

後來，叔叔成家，定居台北。手足相繼外出讀書，有的遠赴重洋，年夜飯也無法趕回。再後來是各自成家。隨著歲月的流逝，奶奶辭世、父母都已垂垂老去。風中殘燭的父母，最後在我們的哀戚中，也都逐一凋零了。

縱使我們家教嚴謹，父母跟前執禮甚恭，從來不敢有所逾越。我們都是孝順的兒女，仍然不免有「子欲養而親不待」的憾恨。

每回讀到《出埃及記》二十章12節：「當孝敬父母。」心中依舊有著很深的悵惘。

人世間的除夕夜，原本是家人團聚的重要時刻，讓全家人都能歡聚在一起，吃一頓豐盛的年夜飯。如今，我們各家獨自圍爐，也有歡喜。然而，每思及父母的遠逝，縱使面對滿桌佳肴，團圓的除夕夜，在我們的心中仍翻騰著無比的思念和惆悵。

原來，生命中的歡樂，也是稍縱即逝的。當年童騃時的我們，又何嘗明白這些呢？

如今，年年仍有除夕，只是心情畢竟不同。

《出埃及記》

是聖經舊約的第二卷書，主要講述以色列人如何在埃及受到逼害，然後由摩西帶領他們離開埃及的故事。

【延伸閱讀】

《出埃及記》二章25節：神看顧以色列人，也知道他們的苦情。

《出埃及記》三章5節：神說：「不要近前來，當把你腳上的鞋脫下來，因為你所站之地是聖地。」

《出埃及記》十四章14節：耶和華必為你們爭戰，你們只管靜默，不要作聲。」

家有兩條狗

朋友西萍愛養狗，尤其，後來女兒結婚了。家中頓時冷清了不少，幸好還有毛小孩一起作伴，日子有趣多了。

她說，「養狗，也因為牠們忠心。」

這讓我想到《啟示錄》二章10節中說：「你務要至死忠心，我就賜給你那生命的冠冕。」

毛小孩的忠心耿耿，也的確得到主人的真心疼愛。

球球是西萍的愛犬，牠是一條流浪狗，屬於馬爾濟斯。

第一次看到牠時，牠正在巷子裡東奔西跑，好可愛，就像一個球。

西萍一見心生喜歡，卻不知牠是不是已有主人？這時有人從巷子裡出來，西萍問：「這是你家的狗嗎？」那人說：「不是。牠常在這裡跑來跑去。」西萍就去抓牠，那狗很小，大概半歲的樣子，終於帶回家了。

那時女兒還待字閨中，一看，說：「媽，已經有麥可了啦，還要養第二條嗎？」

她忙著幫牠洗澡，皮膚病嚴重，簡直是一條癩皮狗，她有一點後悔；可是已經決定養了，當然沒有遺棄的道理。

她喚新來的狗「球球」。

麥可有個狗籠，球球常去霸占著。好脾氣的麥可，簡直是忠厚老實，對球球愛護有加。可是哪有這樣欺負的？西萍一看，很氣，大叫：「出來，球球出來！」皮膚病是會傳染的，可別連麥可也變成了癩皮狗。

給球球用藥水洗，還擦藥，似乎沒有什麼起色。為了方便照顧，皮膚潰爛的地方，毛都剪去，球球成了癩痢狗，很醜呢。

沒多久，麥可也出現了同樣的疹狀。西萍一看，球球那樣子根本不能外出見人，只好帶麥可去看醫生。醫生檢查過，說：「牠得的是疥癬。」唉，隔行果然像隔山。給麥可打針、吃藥，還帶回一大瓶藥水來擦。

兩狗共用藥水，三兩下就沒了。西萍到萬華找藥水，果然買到，便宜多了。就在細心的照顧下，球球的毛長起來了，漂亮喔。

其實，麥可也是漂亮的，毛色白如雪。

麥可出生時，主人四處替牠和牠的手足尋覓好人家，西萍很中意牠，卻被同事捷足先登了。沒想到後來那同事無法照顧，又給了西萍。因緣事，果真難說。

打從球球一來，麥可就拼命搖尾巴，以示熱烈歡迎之意。完全沒有因為自己的資深而倚老賣老，更沒有立規矩、下馬威，給球球顏色看。麥可還什麼事都讓球球。好說話，來自好脾氣。倒是有時候太超過，居然由著球球欺負。西萍因此看不過去，大嚷：「不要你了，給我出去，出去！」這樣的恐嚇是有效的。流浪的生活太淒清，餐風露宿，有多少辛酸。聰明的球球就不敢了。

麥可寬厚，球球機靈。麥可笨笨的，球球卻又太聰慧了。一樣的教導，球球很快就會了，麥可卻有聽沒有懂，什麼都不會。原來，在動物的世界裡，也同樣有賢愚不肖之分。

球球一來，很快就發現牠和麥可的食物不同，立刻不滿的大聲抗議。西萍只好當著球球的面，每餐，把麥可的一半給球球，球球的一半給麥可，這樣夠公平了吧。

麥可和球球都住陽台，西萍經常要清洗，以保持清爽乾淨。

有一次，西萍把球球抱上陽台的花架，卻半途不小心掉落地上。或許摔痛了吧？此後，球球再也不讓她抱，非得由男主人親自來抱不可，嬌貴喔。

相形之下，麥可隨和多了。從來好脾氣的牠，不曾有過任何的異議。

家有兩條狗，的確為平淡的生活增添了許多熱鬧。

《啟示錄》

主題在將來必成的事。書中多記載末世和最後的審判。論及末世的災難，還有新天地的來到。

【延伸閱讀】

《啟示錄》七章17節：……神也必擦去他們一切的眼淚。

《啟示錄》十章9節：……他對我說：「你拿著吃盡了，便叫你肚子發苦，然而在你口中要甜如蜜。」

《啟示錄》廿一章4節：神要擦去他們一切的眼淚；不再有死亡，也不再有悲哀、哭號、疼痛，因為以前的事都過去了。

每一次的稱揚

你以怎樣的態度來面對每一次別人給予的稱揚呢？必然是由於有了很不錯的表現，所以才能得到別人的稱揚。稱揚像是獎品，也像禮物，是努力的報償，那麼，是不是理當坦然接受呢？何況，那不也是一種榮譽嗎？

然而，稱揚來自別人。別人可以給予，也可以取消。面對每一次的稱揚，若說歡喜接受，接受的也只是對方的善意和鼓勵；反而應該更加認真的鞭策自己，以更多心力的投入和更耀眼的成績來回報這樣的盛情。如果信以為真，一心認為自己十分了得而喜不自勝，甚且鄙視他人，如此耀武揚威，那麼，一時的稱揚就會變成陷阱，將再無成就可言。

稱揚就像美麗的光環，能成就一個人也能毀掉一個人，關鍵在於面對的態度。如果夠謙卑，努力前行，那麼就會成為推動前進的力量，可以再創高峰。如果志得意滿，睥睨周遭，很快就被拋棄在後頭，甚至墜落失敗的深淵。

所以，時時反省是必要的。隨時保持清醒的自己，才不會有錯誤的解讀和陷溺。最好是感謝那樣的鼓勵，卻努力拋開所有的光環，回歸自我，孜孜矻矻，才能更長久的站立高峰，創造更大的成就。

人世的這一遭，我們需要學習的何其多！《加拉太書》五章22節上明白的寫著：「聖靈所結的果子，就是仁愛、喜樂、和平、忍耐、恩慈、良善、信實、溫柔、節制。」多麼令人深思的話語！哪一樣不都是值得我們在人生道上傾心追求的嗎？

前人說：「滿招損，謙受益。」讓人深有同感。在現實的生活裡，我們不也看過太多的例子嗎？那些趾高氣揚，迷失自我的，最後全都遭到了覆亡的命運。旁人的稱揚，有時只是一場虛幻，甚至也像是潮水，根本無法久留。還不如務實的走著人生的路，謙卑的與人為善。尤其，面對每一次的稱揚，都能不失本心。

如此，我們將相信，會有更美好的人生遠景，就在不遠處頻頻的招手。

《加拉太書》

論及福音真理的真確性，超越性，與實際應用；因而幫助我們過一個得享神子自由，並在聖靈中過新造的生活。

【延伸閱讀】

《加拉太書》六章4節：各人應當察驗自己的行為；這樣，他所誇的就專在自己，不在別人了。

《加拉太書》六章9節：我們行善，不可喪志；若不灰心，到了時候就要收成。

又見桑葚成熟時

你喜歡桑葚嗎？你也愛吃嗎？

桑葚成熟時，呈黑紫色。它是一種漿果，帶有微酸。每到四月天的市場裡，已經可以見到桑葚的蹤影了。

小時候，我家院子裡有一棵桑樹。這樹是誰種的？怎麼來的？我不知道。只知道立春時開始吐花芽，花芽分化出來就是果實，外圍有針狀型的花蕊，經過風媒授粉，果實會慢慢長大，接著新的桑葉長出來了……

桑葚的採收期約有兩個月。成熟的桑果含有大量的鐵質和維生素

C，有益健康。

我家的那棵桑樹長得高大而美，的確是枝繁葉茂，結實纍纍。桑葚成熟時，每天得分三次採收，四處分送鄰人，結果還是吃不完。媽媽只好將它熬汁或做成果醬，據說生津解渴，更是潤喉、明目的良方。

果醬儲存較久，也可以拿來送人。有一年，我大學的室友來玩，每人獲贈一罐。小美回去以後，飛書馳告：「果醬流出來了啦，把衣服都染成紅色了……」不知這事如何「了結」？更不知其他友人是否也遭逢同樣的「不幸」？害得我愧疚許久。

桑樹的葉子也可以煮成水來喝，有消炎、降火的功效。每到夏日，南部的太陽酷熱，肉身豈能輕易抵擋？暑氣難消，坐立不安，煩躁上身，也是一苦。大熱天時，媽媽若覺得喉嚨不舒服，好像快要感冒了，就趕忙到院子裡，摘下了許多桑葉，熬煮成水來喝，她說很有效呢。

可惜後來我們搬家了，輾轉遷移後定居台北。當年後院中的那棵桑樹不知下落如何？

古時候，種桑是為了養蠶、織布，著重在它的經濟利益。現代的人不需如此，聽說有些人家是不喜歡桑樹的，因為桑與喪同音，而被認為不吉。

有一年，我想要在台北五樓住處的前陽台種一棵桑。熱心的學生送了我幼苗，卻跟我說：「老師，不能只種一棵喔，它不能活。」不能活？那是因為孤單，還是傷心呢？

我不相信此說，想起台南鄉下那棵美麗的桑樹，它長得多麼好啊，不也只是一棵嗎？或許，它比較堅強勇敢？

台北的桑樹是活了，也慢慢的長大了。有許多年了，卻只長少少的葉子，從來不曾見它開花結果。或許是地點不宜，五樓公寓的前陽台只有少少的土、窄窄的空間，哪裡容得了它的盡力施展呢？何況，距離天空和大地都很遙遠，或許它真的太寂寞了，或許也是不快樂的吧？

《傳道書》三章11節說：「神造萬物，各按其時成為美好，又將永遠安置在世人的心裡。」台北的桑樹如果長得不好，或許氣溫不對，水土不合，或許不符「其時」……

如今，又見桑葚成熟時，我的心中不免思念起溫暖南台灣的那一棵永遠的大桑樹，只不知它是不是還記得我呢？

《傳道書》

舊約中的智慧文學。內容充滿哲理，為人生的意義和本質發出令人深省的問題。「傳道書」是本書的希臘文標題，由七十士譯本（舊約的希臘文譯本）再翻成英文。本書按早期猶太人的習慣，以開首作為書名。

【延伸閱讀】

《傳道書》一章16節：我心裡議論說：「我得了大智慧，勝過我以前在耶路撒冷的眾人，而且我心中多經歷智慧和知識的事。」

《傳道書》七章8節：事情的終局，強如事情的起頭；存心忍耐的，勝過居心驕傲的。

《傳道書》九章10節：凡你手所當做的事要盡力去做；因為在你所必去的陰間，沒有工作，沒有謀算，沒有知識，也沒有智慧。

收集感恩

當我逐漸向著人生的黃昏靠攏，回想自己的人間行路，可曾有過難忘的點點滴滴？

於是，我開始收集感恩。

我也終於明白：感恩會讓我們的人生變得很美好。

一如《帖撒羅尼迦前書》五章16—18節中所說：「要常常喜樂，不住地禱告，凡事謝恩；因為這是神在基督耶穌裡向你們所定的旨意。」

遠離抱怨，以感恩的心面對，就能領會它所帶來的神奇。

我有個朋友出類拔萃，萬方矚目。年輕時得過「青年獎章」，可見足為楷模，十分出色。後來創業，也風風火火，令人讚嘆。

他說：「我以為，這一切都是我應得的。我這樣的認真又如此的拼命！」

可是，我知道，認真又肯拚的人何止他一個？有多少努力的人卻和成功失之交臂，又該如何解說呢？

我想，其中仍有際遇的問題以及上天的成全。而這些，並非努力所能及。

當我們用心耕耘而能歡呼收割時，能不心懷感恩嗎？

試想：別人難道就不努力、不認真？

有時候，人生路上的挫敗和打擊，仍是有意義的。是為了讓我們反省檢討、改弦更張，向著更正確的道路走去；也是為了培育能力，增益其所不能，讓我們更懂得謙卑，也更願意學習。

所有生命中的憂傷和眼淚，也像星光，美麗了夜空。所有曾經哀哀無告的心事，也像花朵，繽紛了大地。

於是，我相信，人生中一切的遭遇，無論悲喜，都是好的，都有上天祝福的深意。如果我們此刻並不明白，將來也必然知曉。

只要我們夠堅定和勇敢，挫折和窒礙都會是生命的養料，只為了讓我們變得更好。

能不感恩嗎？

我開始收集感恩，從此刻到未來的人生旅程。黃昏時，當滿天的雲霞繽紛，我知道，是那許多大大小小的感恩豐富了我生命的行囊。

《帖撒羅尼迦前書》

是在保羅第二次出外盡職，留在哥林多時所寫。時間約在主後五十至五十二年。是保羅書信中最親切的，充滿簡單、溫柔和愛慕的說話。

【延伸閱讀】

《帖撒羅尼迦前書》四章3節：神的旨意就是要你們成為聖潔，遠避淫行。

《帖撒羅尼迦前書》五章12節：弟兄們，我們勸你們敬重那在你們中間勞苦的人，就是在主裡面治理你們、勸戒你們的。

帶領

有些朋友雖然不常會面，可是卻一直帶領著你，以他的身教或言教，成為你學習的榜樣。

這樣的友誼彌足珍貴，卻不是人人都能擁有。

她，就是這樣的一個好朋友。

夜晚時，她在電話裡跟我談書。

她說，她非常喜歡我的《慢讀泰戈爾》。

前些時候那本書的總編輯才跟我說，《慢讀泰戈爾》已成經典。感謝總編輯當年的費心，那本書的確清雅而美麗，喜歡的人很多。

好朋友說：「作家的人品是非常重要的，也有賴長年不斷的修為，而你的確具有高品質，所以更應該好好寫、認真寫。」

「可是，寫作的路這般艱難。……」

「人生實難。世上沒有簡單的事。每個人都有各自遭逢的種種困難，只是未必肯說而已。」

的確，在漫漫的人生長途裡，困難總是無所不在。

只要勇於面對，就好。

困難時時都有，年少的時候，我不明白，總是恨不得躲起來。不肯面對，也讓困難永遠存在。直到我教書多年以後，有一次，聽到某位在事業上頗有建樹的長輩說：「人活著，就是為了解決一個又一個的困難。」我才豁然開朗。原來並不是只有我才會遭遇到困難，困難也並不如我想像中的可怕。往後的勇於面對，也讓許多事情變得簡單，更因此逐漸建立了信心。

學會面對困難，努力走過困境是必須。

我想起聖經中《彼得前書》五章10節：「等你們暫受苦難之後，必要親自成全你們，堅固你們，賜力量給你們。」

人世間的許多淬礪也是這樣吧？走過苦難之後，我們會變得堅強也更有勇氣，足以承擔更多的重責大任，做出更讓人嘉許的事來。

好朋友最近開了白內障，幸好手術順利，然而家事無可避免，她的身體比較弱，做來十分吃力。加以近些年來先生的身體有時也不太好，還需要費心照顧。可是，她的新書就要出版了，錄製的廣播節目也即將上線了。

在如此有限的流光裡，竟然還做了這麼多有意義的事，真心替她感到高興。

她是楷模，是我人生路上學習的典範。

她也是虔誠的基督徒，從來是鍥而不捨，勇敢前行，把困難遠遠拋在身後，努力活出了上帝的愛，多麼讓人歡喜讚嘆。

《彼得前書》

是《新約聖經》中的第二十一卷書，是耶穌十二使徒中的彼得（原名西門）寫給當時在小亞細亞幾個教會的信。本書的主旨是在勸勉信徒要在被逼迫的受苦中，按著神的旨意而活。

【延伸閱讀】

《彼得前書》二章5節：你們來到主面前，也就像活石，被建造成為靈宮，作聖潔的祭司，藉著耶穌基督奉獻神所悅納的靈祭。

《彼得前書》二章20節：你們若因犯罪受責打，能忍耐，有甚麼可誇的呢？但你們若因行善受苦，能忍耐，這在神看是可喜愛的。

《彼得前書》四章14節：你們若為基督的名受辱罵，便是有福的；因為神榮耀的靈，常住在你們身上。

閱讀的報償

感謝母親的殷勤帶領，讓我從識字就開始和閱讀為伍。

閱讀的時光，總是帶給我太多的快樂，我的生命因此更為豐美。

我以為，這就是閱讀所帶給我最大的報償了。

我的朋友打電話來跟我說謝謝。

我說：「請別這麼客氣，我一無貢獻。」

「哪裡，對我幫忙太大了。妳總是我在彷徨無主時，不只安慰了我，還教我該如何處理。」

「不會吧，我毫無印象。」

不過想想，或許也有可能。我總是希望能給對方實質的協助，讓她可以變得更好，更能快速的脫離困境。我的人生經驗不多，還備受照顧，如果我被認為略有智慧，那是來自幾十年來累積的閱讀經驗。

有一次我和長輩聊天，彼此也能相談甚歡，只是我很快的發現，對方的實務經驗豐富，我則全屬理論派，由書本得來。

長輩對我的言詞很有興趣，常跟我說：「再出來說說話吧。」也許他覺得，相形之下，我的年紀輕，還能見解不凡，太不容易了，卻不知那是拜長期閱讀所賜。

我其實是很心虛的，總覺得，若有一天，我必須面對屬於自己生命的困頓，恐怕也難以過關吧？

周圍的朋友卻說：「放心好了，妳一定可以的。」

試煉果然在多年以後出現了，我也因為能夠「正向思考」，而順利走過逆境，見到朗朗晴空。

最近我送了一本《慢讀泰戈爾》給好朋友，她說，「我只看序，就覺得太好了。那是我目前最需要看的書，充滿了正向的能量。也相信，對我會最有幫助。」

人間行路，誰沒有憂患挫敗呢？有如走在荒漠，然而書中的金玉良言，都成了我們在黑暗中最為可貴的引導，一如聖經中《詩篇》一一九章105節：「你的話是我腳前的燈，是我路上的光。」

人世間的淬煉也是這樣吧？又有誰能免？有神的帶領，縱有風霜雨雪，也可以不必畏懼。

或許在我們內心的深處仍不免會有軟弱的時刻，人人都需要鼓舞。請勇敢前行，相信終究可以安然走過困頓，看到理想向著我們招手。

我愛閱讀，閱讀也給了我面對困境時無畏的勇氣。

《詩篇》

信靠之歌，希伯來文稱為為「讚美的書」。詩歌一百五十首，配上樂譜，崇拜適用。是以色列人的聖歌集與祈禱文。可供個人靈修與公眾崇拜之用。在舊約中為人所最愛讀的一卷。是以色列黃金時代最榮譽的作品。

【延伸閱讀】

《詩篇》廿六篇2節：耶和華啊，求你查看我，試驗我，熬煉我的肺腑心腸。

《詩篇》五十一篇6節：你所喜愛的是內裡誠實；你在我隱密處，必使我得智慧。

《詩篇》一二六篇5節：流淚撒種的，必歡呼收割！

寫出真善美

在友輩之間，我被認為是一個有耐性的人。

有一次，我還自告奮勇陪朋友去釣魚。搭車、轉車，走走停停，終於擇定地點，坐下，準備就緒，可以開始了。我東張西望，如此僻遠的所在，人煙稀少，看不出有何樂子？再看我的那個朋友，不言不語，有如老僧的入定。我想跟他說話，他還擺出「禁聲」的手勢。就怕嚇跑可能上鉤的魚？什麼意思嘛？

他給了我一支釣竿，讓我也可以釣魚；可是，眼見魚兒只是游來游去，就是不肯上鉤，我有什麼妙法良方呢？

就在百無聊賴裡，幸好我還帶來了一本詩集，文字的閱讀，讓我感到開心一些。

我明白，如果我對釣魚沒有足夠的耐性，是因為那不是我真正興趣的所在。

我另有一個朋友，有一次開車載他的攝影朋友們到山上拍日出。從天黑就去，然後，一直等一直等一直等，他跟我說：「真是受不了，簡直等到了地老天荒。」那天的運氣還很不錯，日出的景色還是拍到了，總算不虛此行；然而，他再也沒有勇氣當攝影朋友們的「義工」了。

我說：「如果我們也是攝影同好，必然能樂在其中，而不以為苦了。」也因此，相同的興趣有多麼的重要。

當我們離開職場以後，認識新朋友的機會大為減少，但是，「同好」

會成為關鍵。若有相同的興趣，話題自然也就多了，不愁沒有共鳴。

吃喝玩樂裡都隱藏著很多的同好，信仰、政黨、人生理念中也是。

如果我有耐性，能持之以恆，相信那必然是我真正有興趣的。倘若我的興趣還能有益世人，在我，那真是一生中最美的事了。

那麼，寫作是嗎？

走上寫作，畢竟有著幾分的命定。一如《約翰福音》十五章16節中所說的：「不是你們揀選了我，是我揀選了你們。」除了才情，更要努力，至於結果，更是上天的成全。

因此，謙卑是必須。

但願我能更認真的寫，寫出了世間的真善美。

《約翰福音》

書中記載的耶穌言行有許多未記錄在其他三卷福音書，文體淺顯但內涵深邃，特別強調耶穌的神性和基督徒屬靈生命的建造。基督教傳統上，相信福音書作者約翰，即是使徒約翰。

【延伸閱讀】

《約翰福音》五章24節：我實實在在地告訴你們，那聽我話、又信差我來者的，就有永生；不至於定罪，是已經出死入生了。

《約翰福音》十二章24節：一粒麥子不落在地裡死了，仍舊是一粒，若是死了，就結出許多子粒來。

《約翰福音》十六章33節：我將這些事告訴你們，是要叫你們在我裡面有平安。在世上你們有苦難；但你們可以放心，我已經勝了世界。

如果我是那雲

妳是天上一朵飄忽的雲。

日日妳款款行過我的窗前，無論四季，都是我心中最美麗的風景。不論我在做什麼，妳總是保持靜默，悄無聲息。我以為，妳是這個世界上，最懂得「沉默是金」的實踐者了。

當我徘徊在夢土，或沉思冥想，或在字鍵上敲出我的心緒時，常在不經意間，我總能看到妳微笑的臉。

妳的微笑那般的迷人，帶著夢幻，讓人無法臆測，如一首動聽的歌，也如雋永的詩篇。

有時，我看著妳步履匆匆，竟連一刻也不肯停留，像奔赴一個甜蜜的約會。裙踞飄揚，妳直視著遠方，那兒有等待的人影，卻不是為我。

有時，我看見妳巧笑倩兮，想來妳的心情甚好，妳是頑皮的精靈，在我的窗前變幻著各種姿容，一會兒東來一會兒西，到底妳想要告訴我什麼呢？

有時，我也看到妳憂愁的臉，一枝梨花春帶雨，妳可有什麼樣的心事嗎？能不能說給我聽呢？

此時，夜已深了，彷彿妳仍在窗前探看，不肯離去。我真想問：東張西望的妳，到底看出了甚麼端倪？

妳是我心靈的朋友，雖然總是默默無言……

妳不說話，我的心中卻浮現了《哥林多後書》四章18節：「原來我們不是顧念所見的，乃是顧念所不見的；因為所見的是暫時的，所不見的是永遠的。」

人間行路，困難時時都有，卻不應被擊倒，走過困難，我相信，會有喜樂迎上前來。

有一天，我想，如果我是那雲，我想做什麼呢？

我願依戀著青山，更願聆聽朗朗的讀書聲。或許，這是我心中的嚮往，即使我不曾言說。

我也是安靜的，像妳。

一朵雲要遇見另一朵雲，應該不會太難吧？

我也想認識妳，當我們在寬闊的天空中遨遊，有朝一日，我們終究會相遇。到那時，我一定要很明白的讓妳知曉我心中的感謝，謝謝妳長久以來對我的善意和經常默默相伴的殷殷情意。

謝謝，我要真心地跟妳這麼說。

《哥林多後書》

是新約聖經全書的第八本書，《哥林多前書》的後續。《哥林多後書》主題在新約的職事與執事。一切都為了教會，勉勵信徒凡事都要為教會。

【延伸閱讀】

《哥林多後書》一章20節：神的應許，不論有多少，在基督都是是的，所以藉著他也都是實在的，叫神因我們得榮耀。

《哥林多後書》四章8–9節：我們遭遇各樣的困難，卻沒有被壓碎；常有疑慮，卻未嘗絕望；有許多仇敵，但總有朋友；常被打倒，卻沒有喪亡。

《哥林多後書》四章16節：所以，我們不喪膽。外體雖然毀壞，內心卻一天新似一天。

你知道自己的幸福嗎？

我的好朋友是個養女，常在我的面前說，養母不愛她。

當年由於養母不能生育，於是由外婆做主，她原是舅媽所生，於是過繼而為養女。再過幾年養母又另外抱來男嬰，成為她的弟弟。

我說，「養母對妳還是好的，至少她讓妳讀了大學。」有了學識，有了能力，才有後來許多的發展。

當年考大學時，養母告訴她，如果上不了師大，就別念。私立大學太貴了，家裡供不起。也幸好她夠優秀。師大在她聯考的組別裡，僅有一個科系，她有本事考上，也的確是會唸書的。

弟弟則因備受寵愛，功課一團糟，縱使請了家教個別教導；然而，由於心思不在課本上，成績也不見有任何起色，其實是寵壞了。

為了平日種種懸殊的差別待遇，她還是耿耿於懷。

好朋友平日以閱讀為樂。有一天，我送了她三本李娟的書，寫的是遊牧民族哈薩克人的生活。

哈薩克人離我們非常遙遠，遊牧民族的生活也和我們大相逕庭。閱讀的有趣，在於為我們的心靈開了另一扇窗，有省思，有了解，也有啟發。

李娟的書，從開春時啟程，經歷一路上的風雨與寒冷、難行的山路與涉江，以及沿途的所見所聞。順應著季節的變化，隨之轉場、搭氈房、趕羊、擠奶、烤饢。哈薩克人要騎馬、騎駱駝、牧羊、遷徙，距離文明很遠，受教育的機會不多。沒有電燈、自來水可用，連瓦斯、電腦也沒聽說過。平日用水窪中混濁的水來洗衣洗頭，當然沒有冰箱、冷氣、洗衣機、電視、烘乾機、除濕機……

喜歡閱讀的好朋友讀完李娟的書，大驚，也深有感觸，終於明白一己的幸福。

能生活在文明的世界裡，讀書，工作，發揮所長，並且享有文明所帶來的種種便捷與好處，何其幸運。

閱讀，是一個很好的窗口，讓我們看到更多、想得更深。

有一天，我在《約翰福音》十六章20節中讀到：「我實實在在地告訴你們，你們將要痛哭、哀號，世人倒要喜樂；你們將要憂愁，然而你們的憂愁要變為喜樂。」

金玉良言，所給予我們的啟發，總是豐厚的。

的確，我們也在別人的匱乏裡，明白了一己的富足。那麼，你知道自己的幸福嗎？

那些青春的臉龐

曾經相處的美麗記憶，總是藏在魂夢的深處，隨著歲月的遠去，而越來越迷濛了。

拜當今網路臉書所賜，我和當年的學生在分別多年以後，竟然得以逐一相逢，多麼令人喜不自勝。

有趣的是，每當我問他們：「當年班上的同學還有誰？導師又是哪一位？」他們幾乎都答不出來，如果再問，就急急的說：「我通通不記得了啦，我只記得鄭老師。」話說得如此甜蜜，卻也阻擋了我再繼續追問的意圖。

這件事擱在我心裡很久了。我一直覺得：白河國中的第九屆對我而言是意義非凡的，不只歷史課上的相處甚歡，國文課的節數那麼多，對出身中文系的我來說，當然更是。

有一天，有一群往日的學生來聊天，終於遇到了熱心的淑麗，很快地解了我心中迷惑。她回去以後，立刻傳來了當年的畢業紀念冊，有照片還有名字。

那些洋溢著青春的臉龐，彷彿仍在昨日，一轉眼都相隔了快四十年了呢。

原來，有好些令我思思念念，不曾忘懷的名字，果然是在同一個班級裡。當然，有些早就透過各種管道和我連絡上了，也時有往來，有些則還在尋尋覓覓之中。……

我經常想起當年才情洋溢的小作家蘇金葉呢？還有小胖妹張秀勤

呢？有一雙美腿，讓男生為之瘋狂的「女神」張碧昭呢？……還有那些不知在哪個角落裡的小女生，長大以後，都還順利嗎？過得好嗎？

可是歲月悠悠，屬於我的思念，誰能替我寄達呢？殷勤的青鳥可以嗎？緩緩走過我窗前的白雲願意嗎？

活著，是美好的，讓我看到了更多美麗的生命故事，各有發展，有的甚至令人拍案驚奇。

讓人記起了《雅歌》七章6節：「我所愛的，你何其美好！何其可悅，使人歡暢喜樂！」

因為愛，我們的人生以及世界因此不同了。

縱使我們未必出人頭地，可是我們一樣敬謹愛人，努力活出美好。這不也讓人歡喜嗎？在那麼久遠以前，曾經相遇的緣分，曾經結下的好緣，她們是不是都還記得呢？

《雅歌》

「雅歌」這個名字取自書中的首句：「所羅門的歌，是歌中的雅歌。」根據希伯來文的逐字譯法，這個名字是「歌中之歌」，意即卓越絕倫的歌。這樣的說法跟「天上的天」——意即天的最高處——有異曲同工之妙。主要在表現愛的喜悅。

【延伸閱讀】

《雅歌》八章4節：耶路撒冷的眾女子啊，我囑咐你們：不要驚動、不要叫醒我所親愛的，等他自己情願。

《雅歌》八章6節：求你將我放在你心上如印記，帶在你臂上如戳記。因為愛情如死之堅強，嫉恨如陰間之殘忍；所發的電光是火焰的電光，是耶和華的烈焰。

《雅歌》八章7節：愛情，眾水不能息滅，大水也不能淹沒。若有人拿家中所有的財寶要換愛情，就全被藐視。

我的心情，人生的歌

讀一段聖經文字，選出令人怦然心動的佳言美句，讓它和自己的生活經驗結合起來，也寫一篇小品……

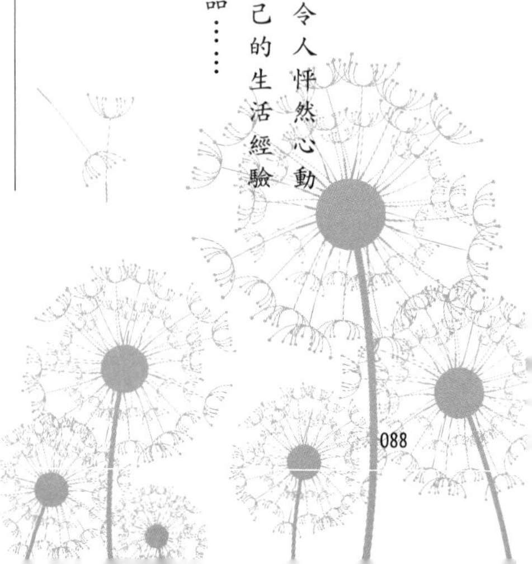

歲月滄桑，人間悲喜，說一個故事，紀錄一段生活，這都是人生的歌，留予他年說夢痕。

卷二　一天的難處一天當

生死是必然的歷程
有誰能逃躲得了
只但願像花開花落
尋常就好

篤定的安心

你的日子過得平安嗎？

答案，或許是肯定的、否定的，或許有時肯定有時否定。

我們多麼冀望擁有一個充滿了平安的人生！

其實，平安與否來自我們內心的認定。當我們的內心平安了，屬於我們的日子也就平安。當我們惶惶不可終日，也就離平安很遠了。

我們終究明白，外在的一切常受到內心的主導或影響。

我有個同事美麗非凡，人人稱羨。有一次我跟她說：「像妳這樣的漂亮寶貝，讀大學時，豈不追求者眾，都排到校門口去了？」她說：

「沒有。那個時候，我對自己根本沒有信心。」

她說這話我相信。只是，有多麼的可惜啊。

自信，的確能讓一個人深具魅力，相信自己美，也就會越來越美。如果不相信，縱使原本是美也會顯得暗淡，日久之後，益發變得不起眼。

所以，內在的力量是重要的、強大的。

當一個人的內在篤定安心，在外表上也會顯得從容優雅。

《約翰一書》四章18節裡說：「愛裡沒有懼怕；愛既完全，就把懼怕除去。」

這話說得多麼好。

愛既然完全了，圓滿了，那麼，何處容納懼怕呢？當懼怕無處容身，因此遁逃或遠離，我們便有著篤定的安心。顯現於外，也就從容不迫了。

處處安心，快樂便無所不在。

我相信：是神的寬容接納，讓我們覺得人間處處有溫情，那不就是桃源嗎？

《約翰一書》

是歷代教會對抗異端邪說不可或缺的寶典，基督教純正的信仰得以存續，本書厥功至偉，其價值可以與保羅眾多書信相比擬。再者，本書從積極方面循循善導基督的信徒，提供正確的教訓，使吾人對生命、相交、愛、真理等能以深入的認識。

【延伸閱讀】

《約翰一書》三章11節：我們應當彼此相愛。這就是你們從起初聽見的命令。

《約翰一書》四章12節：從來沒有人見過神，我們若彼此相愛，神就住在我們裡面，愛他的心在我們裡面得以完全了。

生命的尊貴

生命的尊貴，在於它是無價的。

我們可以拿錢去買各種東西，昂貴的衣物、豪宅、美車，穿金戴銀，炫人眼目。可是，生命不能購買，再多的財富也無法讓人青春永駐，更別說起死回生了。

我有個朋友拼命賺錢，她說：「小時候太苦，什麼都沒有，真的窮怕了。」賺錢成了她人生的第一目標，累積財富，唯恐不夠多和快。

由於對發財的興趣，投資獲利，錢上滾錢，她很快的致富，真讓我們嘆為觀止。

她滿意了嗎？沒有。仍然繼續做更大的投資，以賺取更多的錢。

已經是富翁了，還希望更富。

已經幾近富豪排行榜了，還希望名次能更前、再超前。

當然，她很忙，每天搭機飛來飛去。

我們的同學會她從來不曾參加，因為她沒有空。她忙著賺錢數鈔票，一心冀望利上滾利，財源滾滾而來。

有一次，聽說她中風了。我們趕著去看她。她在病床上流淚。險些不保的境遇，終於讓她徹底了悟。

一如《馬太福音》十六章26節所說：「人若賺得全世界，賠上自己的生命，有什麼益處呢？人還能拿什麼換生命呢？」

富可敵國，又怎樣呢？畢竟，誰也無法拿任何東西去換取生命。

還好，經過認真的復健，她總算挽回了差一點就失去的健康。

從此，她深切明白健康的重要。有了健康，其他的追求才成為可能。如果失去健康，恐怕也意味著失去了一切。

如今，她努力維護健康，和我們有所往來，也開始出席同學會了。在我們，更彷彿撿回了一個同學，一份友誼。大家都很開心，她也是。

的確，如果賺得全世界，卻賠上自己的生命，有什麼益處？生命如此尊貴，因為它無價，更要好好的加以珍惜。它一失而不可得，只怕到時候後悔也來不及了。

想想，你能拿什麼換生命呢？

《馬太福音》

是《聖經》四部福音書之一，是按編年順序排列在《新約》第一部的福音書。馬太是耶穌基督在地上事奉時的十二門徒之一。

【延伸閱讀】

《馬太福音》六章1節：你們要小心，不可將善事行在人的面前，故意叫他們看見。若是這樣，就不能得你們天父的賞賜了。

《馬太福音》十九章6節：既然如此，夫妻不再是兩個人，乃是一體的了。所以，神所配合的，人不可分開。

《馬太福音》廿三章27－28節：你們這假冒為善的文士和法利賽人有禍了！因為你們好像粉飾的墳墓，外面好看，裡面卻裝滿了死人的骨頭和一切的污穢。你們也是如此，在人前、外面顯出公義來，裡面卻裝滿了假善和不法的事。

心中的記掛

夜裡想起她，心中還是記掛的。

都這麼多年了，我相信，她婚姻中的結，應該早已解開了。

想起她的婚姻。所有的婚姻不都是從愛開始的嗎？為什麼幾年以後，再談起來，卻多的是黯然垂淚呢？

我們認識，是因為年少讀書時同班，住在近處，一起長大。

後來，兩家相繼搬離以後，我們也一直都有連絡。固然因為我們的興趣相同、性情相近；更重要的是，我們內在的思維太相似，我們對事物的反應幾乎一致。所以當我面對著她的時候，我常以為我面對的是另一個自己。

我們從來都是很要好的朋友。

有一年的過年前，她跟我說，她打算到美國繼續深造。下這樣的決心，並不容易，她已經結婚，有了家庭和兒女，太多的牽牽絆絆讓人走不開。可是，我明白，是她想拋下婆家對她的種種牽制。看來，情形險惡，已無法再忍，甚至不惜決裂離去。

我非常擔心。給她打了一個電話，我和她的家人都熟，可是那天我居然聽不出接電話的人是誰？後來才知道是她的先生，很明顯那極力壓抑的聲音，似乎在哭。把電話筒交到她的手上，她的聲音也是怪怪的，卻說：「沒什麼事，不必擔心。」這讓我的疑慮更深了。

婚姻是人生的道場。走入婚姻，該學的事太多，彷彿是在朝夕之間快速成長，單純被遠遠的拋棄，和著眼淚和痛苦，離開原生家庭而融入了另一個不同的家庭，乖巧聽話的我們，奉獻了所有的一切，遺忘了自己，到後來竟然發現自己一無所有。所有的委屈，並不能換得求全，只是徒然被看輕而已。

作家潘人木說：「婚姻只是一個上天設下的騙局，家庭和兒女耗去了太多的青春和心力。如果妳覺得自己還有一些才情，那麼就不要結婚……」這話說的沉痛，卻不失至理名言，可惜，多數的人都覺悟得太晚了。

婚姻是圍城，只怕進去容易出來難。唉，再回頭已百年身。

尤其，夫妻之間，如果老是要拿婆家的事來吵，為了小叔的自私、小姑的告狀、公婆的偏心、虧空的錢財……又有哪一件事是自家的呢？越吵情分越薄，值得為這些，而賠上原有的幸福嗎？

先生其實是個正人君子，只是為了他的原生家庭，他無法護衛自己的妻子，於是讓她一再的傷心流淚；然而，非得要走到如此決裂的地步嗎？難道已經關上了所有溝通的管道，再也沒有任何挽回的餘地了？這事令我震驚，且又多麼讓人神傷不捨啊！

能不能再給彼此一個機會？能不能再重新開始？能不能，以更有智慧的方式來面對以及處理這件事呢？

那時我想，如果我們有機會見面，我要給她一個大大的、溫暖的擁抱，然後再輕輕問：在妳做最後的決定之前，妳肯不肯先來我這兒小住一段時日？……

時移事往，如今多少年都過去了，公婆也早已相繼凋零，她在國外讀書工作，一切都好，看來婚姻仍持續中。原來，漫長的歲月可以逐漸將心中的難題解套，這是往日年輕的我所想不到的。

《馬太福音》六章34節中說：「不要為明天憂慮，因為明天自有明天的憂慮；一天的難處一天當就夠了。」的確是至理名言。

何須做過早的憂慮呢？說不定那些憂慮都不會發生。最該放下的是心中的執念，活在當下，才是明智。

現在，她仍然幸福，我更應該放下長久的懸念，化為深深的祝福。

落花

朋友在電話裡和我談到，有個知名詩人最近的一篇訪問稿。

詩人病重，聽說，近八個月來所有的電話都不接了。

他說：「看到那篇文章，思路如此清楚，說得如此有見地，想必她的身體已經大有好轉。」

我說：「不，我還是覺得，她的情形恐怕並不樂觀。訪問稿是用伊媚兒的方式進行和處理，聽說費時頗長。那是由於雙方是有交情的，詩人勉力為之吧。」

詩人的詩寫得很好，散文也佳。我在學生時代就買她的詩集來讀了。後來發現，我們全家居然都是她的知音。

然而，人生是漫漫長途，每個人都有艱難的路要走，尤其是最後的一程，再多的才華恐怕也無法避免病苦的折磨和死神的召喚。

希望她能好起來。如果不會好，與其苦苦掙扎，卻終究要大去，我有多麼的不捨，真心希望她不要太過辛苦。

想起那日，我站在窗前。

外頭的天空很藍，風也很大。簷前的風鈴正叮噹作響，真是好聽的聲音，讓人不免要想起當年旅遊日本的快樂。

然後，我看到了花朵的飄落。就在風中，花朵隨著風飄舞飛旋，然後，靜靜的躺在地上，彷彿安眠。

可惜少了一池水，要不，看到的，就會是「落花水面皆文章」的詩情畫意了。

也或許，土壤才是花草最好的歸宿吧，因為那是大地的胸膛，更可以成為來年的養料，「化作春泥更護花」，那樣的無限深情，多麼令人為之動容。

《創世紀》三章19節：「你本是塵土，仍要歸於塵土。」萬物的最終，都要歸於絕滅。人，又如何能倖免呢？

我對著落花，想到生命的殞滅。生死是必然的歷程，有誰真能逃躲得了？我可從未聽聞。

希望不要太過艱難，這是我卑微的想望。

只但願像花開花落，尋常就好。

《創世紀》

從神創造天地開始，到亞當和夏娃的墮落、該隱和亞伯、挪亞的洪水，巴別塔等的傳說，以及亞伯拉罕為首的十二族長故事，以撒的故事構成。

【延伸閱讀】

《創世紀》一章1－2節：起初，神創造天地。地是空虛混沌，淵面黑暗；神的靈運行在水面上。

《創世紀》廿二章14節：亞伯拉罕給那地方起名叫「耶和華以勒」（就是耶和華必預備的意思），直到今日人還說：「在耶和華的山上必有預備」。

《創世紀》廿六章22節：耶和華現在給我們寬闊之地，我們必在這地昌盛。

生命的核心價值

朋友在門口接我。他跟我說：「知道妳的事，我難過了很久，可是，妳怎麼還笑得出來呢？」

我和他在多年前認識，因為工作的關係。並沒有深交，如此平淡的情誼，還能釋出關懷，多麼讓人感激。

是的，當我站在人生的懸崖邊，搖搖欲墜，之所以沒有殞身摔落，我以為，那是來自生命核心價值的支撐。

從來不曾有像此刻這般的感覺，我深深表示感激，謝謝父母的疼愛和帶領，感恩他們很早就讓我明白，理想值得追求，卻未必是名利。

所以，當我毫無名氣，所得只夠溫飽時，我依然可以活得理直氣壯，挺立如荒野的大樹，不畏風狂雨驟。我仍是快樂的，只要我不澆息內心的熱情，仍然往高遠的理想奔去。

人世間，有誰沒有苦痛呢？

我的好朋友在面對生命陷落時，她以大量的閱讀來撫平內心的傷痛，甚至，她讀《詩經》和《老子》，並且勤做筆記。閱讀，帶給了她救贖的力量，終於回復平靜的心情。我則努力工作，讓工作來忘卻憂愁，假裝遺忘昨日的種種苦痛。讓自己的生活依然在軌道上，或許，我還需要再更認真一些。

我相信，今生不論我曾遭逢怎樣的困頓和不幸，一切都是上天給予最好的安排。

有時候，事情的發生，一時之間，我們看不出後續會有怎樣的發展？更看不到它所帶來的啟發。我們哀傷落淚，覺得自己何其委屈，為什麼困蹇如影隨形？為什麼盼不到天明、見不到陽光？

然而，在多年以後，我們終於了解，從那些挫敗憂傷中，我們的心性加倍成熟，處事也更為小心謹慎。如此，在無形中，也避開了更多的禍端、更大的災難。其實，就在上天的不言之教裡，我們大有學習也大有所得。

《哥林多前書》十章13節裡，這麼寫著：「神是信實的，必不叫你們受試探過於所能受的。」智慧的話語，讓人的心靈受到撫慰，如此的溫柔和暖意洋溢。

所以，不論我們遭遇多大的困難，我以為，上天的安排都是最好的。

在我，尤其可貴的是：理想仍在遠方，值得奔赴。

超越極限

紅塵紛擾，有太多的是非和耳語混淆視聽，很容易就讓人迷失了。

這該如何是好呢？

如果我們有足夠的智慧，就能明辨是非，不被蒙蔽。清明的心就顯露了出來，理性抬頭，就更能思考，看清事物的繁雜，回歸到本心。

一個人要能真正認識自己、了解自己，並不如想像中的容易。然而，在超越自己之前，認識和了解都是必須，才能明確的知道屬於自己未來的願景和理念。如此，勇敢前行和努力堅持才成為可能。不斷的超越才能實現，美夢終究得以成真。

當我年少，我很難同意「吃虧就是佔便宜」的說法。我以為：吃虧就是吃虧，真是倒楣。哪裡有什麼便宜可佔？根本看不到。我想，這句話一定是說錯了。

直到我長大，經歷了更多的風霜雨雪，也看多了世間的離合悲歡，直到我逐漸臨近人生的黃昏，就在回首的那一刻，我才恍然那句話所蘊含珍貴的生命智慧和啟發。

有許多事，別人嫌麻煩、費事、不想做的，就推給你。你年輕、資淺，或不敢拒絕或拒絕不了，於是只好委屈的做。做多了，做久了，倒也得心應手，日積月累之後，竟然成為自己的新本事。經常如此，居然足以讓自己才藝多方，變得傑出而能幹，真是始料所未及。當年的委屈因此一掃而空，也才真正明白了「吃虧就是佔便宜」的道理。

有一天，我讀到《馬太福音》六章25節：「不要為生命憂慮。」

的確，昨日已成過去，明日則尚未來到眼前，提早的憂慮未必成真，我們只要認真生活，努力學習，知道感恩就好。

感謝人生是漫漫長途，所有的學習，點點滴滴都豐富了我們的生命。功不唐捐，真的是這樣。

那麼，根本就不必在意自己多做了、勞累了，在不斷的培養並超越自己的能力，長此以往，終於成就了圓滿。

愛哭鬼不流淚了

我小時候是很愛哭的。

那是因為我什麼都不會，只好哭。竟然發現「一哭，天下無難事」，那，更要哭。哭一哭，所有的難題都不見了。原來，哭，這麼好用。

於是，我只要哭就好。

當年的我並不知道，那是因為自己備受寵愛，只要流淚，所有的困難都有人攬過去，代為承擔。

即使我離家讀書得很早，十六歲，不正是學習獨立的好時機嗎？卻由於人緣太好，總有人願意幫我，也許是同學，也許是朋友，甚至是老師。我沒有得到學習的演練，還是很不能幹的。

或許，我也不須要能幹吧？菟絲花，一樣可以快樂的活著，即使有時候是楚楚可憐的。

直到大學畢業了，我到鄉下去教書。在我，教書是一個轉捩點，陌生的學校，陌生的環境，舉目所見，無一相熟。只好努力武裝自己，認真以赴，自立自強。的確，我都這麼大了，工作賺錢，也不好意思再流淚了。從此，我不在人前流一滴淚。

肯面對，勇於學習，我竟然發現：一切並沒有想像中的困難。那麼，往日，我是自己嚇自己了？

《哥林多後書》十二章9節：「我的恩典夠你用的，因為我的能力是在人的軟弱上顯得完全。」所以無須懼怕，認真的走去，用心的學習，挫折過後，必見坦途。

「別擔心，妳可以的。」這時，也有高人指點我說：「把大事都當作小事做，小事也就若無其事了。」的確是至理名言。想來，那些出類拔萃，能成就大事業的，都是以這樣的態度來處理難題。

我離家在外的時間很長，或讀書或教書。我家小妹當時年紀小，不曾知曉這其間許多的轉折。在她的記憶裡，因為從來不曾看過姊姊哭，於是，她以為，姊姊夠堅強，是不會流淚的。

呵呵，那也太看得起我了。她不知我曾經是個愛哭鬼。

點亮夢想

夢想，是生命的亮點。

那天，你的母親跟你說：「過兩天我要去看鄭阿姨，你要不要做個麵包請鄭阿姨吃呢？」

果然，你花了十個小時，烘焙出一個麵包，讓你的母親送來給我。

真是好吃的麵包，簡單而又可口，我很喜歡。

烘焙是你的夢想，我竟然以為，我吃的是一個「夢想麵包」。

我喜歡有夢想的年輕人。夢想是珍貴的，可以奔赴，可以實現，更可以讓原本粗糙的現實生活變得美麗起來。那是另一個興趣的所在，我相信也為你的休閒生活更添繽紛的顏彩。做甜點，除了基本功，還可以玩創意，尤其，還可以和朋友們一起分享，那是多麼開心的事。

你孤單的長大，恐怕是有許多心事，別人無從知曉的。說不定哪一天我就可以吃到一個「秘密麵包」呢。

其實，在這個世界上，每個人都是孤單的，有著各自的承擔和辛苦。每個人的負荷都差不多，只是有些人比起我們更坎坷一些。例如，連衣食都不能周全，有的還迭遭困頓。

是的，人生的路如此長，有多少憂傷挫折誰也無法逃躲。

《彼得前書》五章7節：「你們要將一切的憂慮卸給神，因為他顧念你們。」有信仰，是很好的事。心中有所依靠，焦慮因此得到減輕。

我想起自己的年少時，遠方有我的夢想。

遠方的夢想，是一種召喚，一日又一日。

於是，我盼望長大，快一點啦，好讓我向遠方奔去。

終於擺脫了南方小鎮，我載欣載奔，到台北讀大學。

應該是如願以償了。然而，離家以後的日子，樣樣都要自己打理，連金錢的花用都要仔細加以盤算，不敢輕忽。要不，到月底，就沒有飯可吃了。我一個人的生活都不易料理，更想起媽媽持家的艱難，一大家子人的用度，哪裡會是輕鬆容易的呢？

在臺北讀書的時候，南方的家也是我心目中的「遠方」，一遇到長假，就趕忙回家。即使為了省錢，老是搭大火車還要轉小火車，幾乎用掉了一天的時間，慢慢的搖晃著回去，卻也甘之如飴。我的室友常說：「妳這麼愛回家，妳媽教育你們一定很成功。」

是的，媽媽是我心中永恆的燈塔。

我是這樣順利長大，並且過著我喜歡的生活。

而你投身在科技業，電腦工作的工時很長，然而，那是你的專業，日久不免感到疲憊；幸好你還喜歡烘焙，請不要放棄你的那份興趣。我深知現實的催逼，有時不能盡如己意，甚至多有沮喪；可是，夢想卻能成為灰暗生命的亮點，多麼值得珍惜。

有夢想的人生，多麼美。

對生命微笑

有誰的人生真能一帆風順，不曾經歷過困頓和坎坷呢？

一旦走在人生的困境時，該怎麼辦呢？

只有自立自強，努力對生命微笑。

沒有任何人可以讓我們長久仰仗，所以不必加以冀望。靠自己才是最好的，也是唯一可行的。唯有認真學習，越挫越勇，其實，失敗的另一個名詞是「汲取經驗」，累積足夠的經驗會將我們推向了成功。問題只在於：是否願意堅持得夠久？

小時候，我很怕失敗，覺得自己怎麼那麼笨，連事情都做不好？長大以後，我才明白，一切的歷練都是必須。所有曾經流下的汗水和淚滴都不可能白費，都將成就未來的美夢。「功不唐捐」說的不也是同樣的道理嗎？

我終究平心靜氣的接受所有的考驗。越是嚴厲，收穫也越為豐美。這都是珍貴的學習過程，所以更要勇於挑戰。

我很喜歡「行到水窮處，坐看雲起時」的寬闊與豁達，彷彿沒有什麼難事能困住自己。我也喜歡「山窮水盡疑無路，柳暗花明又一村」的豁然開朗。人間行路，再大的艱難都會成為過去，能時時做這樣的正向思考，人生處處都是美麗的風景。

真的，人生的路無法永遠平順，遇到艱難險惡時，堅毅是必要。

有一次，和朋友們開車到宜蘭玩，我在車上認識了一個新朋友。我們喚他「李大哥」。

聽說，李大哥曾經中風，當時情形頗為嚴重，後來經過漫長的復健，目前已經康復，完全看不出來。

對中風的病人來說，復健，是一條充滿了挫折險阻的長路，坎坷而難行，必須經由千百次的疼痛，流淚流汗，才能扭轉頹勢，走向康復。可是，在這個過程裡，有多少人無法忍受、不能堅持、欠缺信心，終究是放棄了。

李大哥說：「沒有辦法啊，只有不斷的練習練習練習……」我明白，在中風倒下時，他其實只有兩種選擇，一是努力復健，堅持一定要康復；一是復健太苦，自暴自棄，從此健康日下，甚至連生活起居都需要仰仗他人的協助。

李大哥夠堅毅，他讓自己恢復健康，可以跑跑跳跳活動自如。那麼，復健勢在必行。怎樣的疼痛都可以忍得，怎樣的苦都願意嚥下，伴隨著汗和淚，現在他終於可以自在行走。外人根本看不出來，在他的生命中，曾經遭遇重擊，曾經整個翻轉過。最後憑著鍥而不捨的努力和信心，他向上天要回了健康。

《約翰一書》五章4節中說：「使我們勝了世界的，就是我們的信心。」信心有多麼的重要，主宰了事情最後的成敗。

他的確是一條好漢。這樣的一場人生歷練，也為他帶來更為深刻的思考和了悟。我們面對著日月的運行，就讓每一天的終了，都是一個省思的好機會。如果一個人受傷，能無所畏懼，當它癒合，那就成為一個光榮的標記了。

要成為生命的鬥士，也唯有勇往直前。

活著，就是美好。不論我們曾經歷過什麼，都請對生命微笑。

私密的堡壘

她是個文學少女。

打從國中就開始寫作，寫在筆記本上。她對文字是著迷的，有著說不出的眷戀和喜歡。她無法解釋。也許和家中的氛圍、書隨手可得有關，也許根本就是來自基因遺傳，父親是中文系的教授與作家。

可惜，父親在她初上國三時就因車禍而意外辭世，父親甚至不知她也愛寫作的事。

覺得有點遺憾嗎？也的確是。

要不然，父親也可以是她的同好，甚至文友。彼此還可以在文字佈局上切磋琢磨，多麼好！

可是，一切都來不及了。

她還記得父親剛去世的那幾個月，她常在夜深時候聽到母親暗自飲泣，那壓抑的哭聲。她問自己，如果她繼續寫，有一天也成為作家，會不會也是一種愛的傳承？

聖經裡，《以賽亞書》四二章3節：「壓傷的蘆葦，他不折斷；將殘的燈火，他不吹滅。他憑真實將公理傳開。」

神的話語，也給了她很大的撫慰和激勵。

在困境裡，更應堅持，而不是沮喪。

長大以後，她做事了，再忙，也並沒有放棄寫作。

後來她才明白：寫作，成了她生命中傷痛的最好出口。有多少人前無法訴說的心事，那哀哀無告的心情，甚至憤怒時卻無可宣洩的壞情緒……她都可以一一寫在文字裡。母親一向待她很好也很疼她，卻對創作無法理解，這讓她覺得有些寂寞。

或許，寫作，本來就是寂寞的，那是一個私密的堡壘，外人無法找到開啟的鑰匙，根本進不來，也包括自己的母親。

寫作，也多少平衡了她在現實生活中的種種憂患挫折，讓她擁有比較安寧快樂的心靈。

每當她寫作，她覺得，彷彿父親正在不遠處陪伴著自己，默默的，相信也會是歡喜的。

《以賽亞書》

排列於希伯來聖經大先知書之首，是一卷極重要的書，宣告上帝對他的百姓以色列人的復興計劃，也宣告他在世界歷史中要成就的宏偉救贖。

【延伸閱讀】

《以賽亞書》三章10節：你們要論義人說：他必享福樂，因為要吃自己行為所結的果子。

《以賽亞書》五十三章4節：他誠然擔當我們的憂患，背負我們的痛苦……。

《以賽亞書》六十章20節：你的日頭不再下落；你的月亮也不退縮；因為耶和華必作你永遠的光。你悲哀的日子也完畢了。

心花朵朵開

她早慧，在高二下學期時出書，擠身作家之列。出書，其實是個意外。

她從國一時開始寫稿，最先是寫在筆記本上。有些課實在枯燥乏味，激不起一絲的興趣，又不好坐著發呆，於是她在筆記上寫小說，大半是校園故事，因為她就身在校園之中。周遭也不乏故事題材，於是她掐頭去尾，以創意來補足，同學們都說很好看，或許是年齡相近，比較容易引發共鳴。還有人自告奮勇願意幫她打成文字檔，對方任勞任怨，全屬義務。還跟她說：「好方便妳將來出書。」

哪知這「將來」來得這樣快，高二就美夢成真了呢。

原本只是貼在部落格，很多人前來按讚，給了不錯的回應。她以為，稱揚只是恭維，哪能盡信？不過對那些鼓勵，她仍然心存感謝。有一天，她收到出版社給的訊息，問她有沒有出書的意願？一切都這般的順理成章，也或許是自己的運氣太好了。

出書了，書很漂亮。

班上人手一冊，如此熱烈捧場，多麼讓人感激。

第一本書，也讓她很興奮，終於明白心花朵朵開的真實意義，好寫實，也好有趣。

她也經常提醒自己：如果文字是有力量的，那麼更要虔誠地寫，發揮心中的愛，讓這個世界更加的美麗和溫暖。聖經上不是說過嗎？就在《約翰一書》四章19節：「我們愛，因為神先愛我們。」這樣的教誨，她不敢忘。如果神先愛我們，我們更應彼此相愛，相互扶持。

人是卑微的，她真心願意活出神的愛。

母親也很高興，卻力勸她還是要以課業為重。她好想知道，如果父親還在，父親會怎麼說呢？有女承襲衣缽，父親一定笑得合不攏嘴吧。

可是，高三的課業很重，又即將面對學測和指考，好歹她的心思得趕緊回到書本上。讀書的目的在為學和做人，即使是學生，也是有應負的責任，她不曾忘記。所以高三時她只是偶爾寫寫，當作偶一的消遣，再不敢任性，像以前一般，放手大寫特寫，就好像要寫到地老天荒似的。

寫作，是她人生的夢。

第一本書也出了，有人跟她說，那是她行走文壇，作家的身分證。這種說法很特別，是她不曾聽過的。

未來依舊大有可為，儘管長路漫漫，她跟自己說，努力是必須，千萬不要輕易放棄手中的筆。

相逢不相識

家父退休以後，舉家從台南移居台北，開始了他和母親的新生活。他們的感情很好，但個性的差異很大。

母親安靜，觀察細微，喜歡閱讀，不愛外出；父親則四處趴趴走，逛植物園、看展覽，和三五老友餐敘……日子也過得愜意。這時，兒女都已長大，不勞他們費心。走在人生的暮年，但見夕陽餘暉，多麼的繽紛美麗。

有一年，他去參加台糖公司退休人員聯誼。那時他快八十了。健康仍好，老當益壯，隻身前往。

舉目所見，都是老人。先要排隊簽名報到，環顧前後左右，沒有一個相識。這也尋常，台糖公司是個知名的國營企業，糖廠分布全省，員工也太多了。

輪到他簽名時，他也看到了站在他前面那個人的簽名，大驚：「那不是當年大學同班同學的大名嗎？」急忙喚住。當年青春煥發，二十多歲的年輕小夥子，學業方成，未來有著無限的可能。

然而，一場內戰延燒，點燃了烽火處處，再相逢時早已超過半個世紀了。流逝了太多的歲月，人已老，相逢不相識，若非那熟稔的姓名，縱然路上相遇，誰敢向前相認呢？

倒真的應了那些詩詞所寫：

「昔別君未婚，兒女忽成行。」

「縱使相逢應不識，塵滿面、鬢如霜。」

畢竟值得慶幸，彼此都到了台灣。都在台糖發揮所長，奉獻了一生中最美好的歲月。

能相逢，還是可喜的。有多少人一朝相別，竟成永訣！何況，中間還曾遭逢戰亂，有的人輾轉溝壑，連保全性命都難。

想起昔日意氣風發時那樣的一場別離，有誰能預知往後此身如寄，再相逢的何其不易呢？

畢竟他們早已越過古稀之年，歷盡離合悲歡，所餘之日也已不多，真該好好珍惜夕陽的美景，善待自己。

聖經上《提摩太前書》一章18節：「打那美好的仗，常存信心和無虧的良心。」韶華流逝，已然奉獻一生，心中無所愧悔。往後縱使面對生命中最後一場光榮的戰役，也已無需懼怕。

細想來，世間的一切，無論離散或聚合，都是因緣的流轉。緣至則聚，緣盡則散，莫不來自前定。明白了這個道理，或許，我們更能以豁達的胸懷來看待今生的所遇，也更明白珍惜的可貴。

唉，人生如此無常。重相逢，其中該有多少好因緣的匯聚。

《提摩太前書》

是一本基督徒的手冊，教導教會肢體在教會中所該有的認識、生活和工作，因而擁有正確的信仰，端正的品格和敬虔生活的見證；並為一切事奉主的人所預備，如何治理和牧養神的教會的指示，因而使教會秩序井然。

【延伸閱讀】

《提摩太前書》六章8—10節：只要有衣有食、就當知足。但那些想要發財的人、就陷在迷惑、落在網羅和許多無知有害的私慾裡、叫人沉在敗壞和滅亡中。貪財是萬惡之根．有人貪戀錢財、就被引誘離了真道、用許多愁苦把自己刺透了。

《提摩太前書》四章12節：不可叫人小看你年輕，總要在言語、行為、愛心、信心、清潔上，都作信徒的榜樣。

無可言說的哀傷

我們只是偶然相遇的朋友，其實，並沒有那麼熟。

然而，當他跟我說：「那年，家父在醫院過世，一片慌亂，好不容易理出個頭緒。回到家，三個小時以後，本來就生病的母親也跟著大去……」

我聽了，頓時滿心淒惶。他幾乎是同時失去了雙親，多麼讓人同情！那樣的屬於生命的創痛，恐怕都不是短期間所能平復的。即使那時他已經長大成年，即使是在他成家立業之後。然而，父母是家中的大樹，給予庇蔭和支柱，一旦他們離去，頓失所依的淒寒，未必是在物質，而更是在精神的層面。

「子欲養而親不待」的哀傷，對人子來說，都是一樣的遺憾。我的母親生病整整一年。如今想來，或許有一年的緩衝，是想要讓兒女們有足夠的心理準備，知道母親病體衰弱，終究要凋零。

即使是這樣，即使明知一切都無可挽回，我的世界依舊受到震撼與崩毀。母親走後的那段日子，我無法工作，除了流淚。直到有一天，我突然想到，我如此的不能振作，母親若有知，又哪裡樂見？倘若我真的愛母親，就應該努力活出母親的愛，讓她引以為榮。

我以為，母親的形體雖然不在，精神仍常相伴在左右。

此後，我逐步回到正常的生活軌道，認真地活著，與人為善。我的言行以母親生前的教導為依歸，如此，結的也都是好緣。

母親離世六年以後，父親再走。那時，我們已經更加圓熟和勇敢，更能接納世間的離合悲歡。想到父母終究可以在天上團圓了，心中仍有幾分安慰。

我從此深信聖經裡《詩篇》廿三章4節：「我雖然行過死蔭的幽谷，也不怕遭害，因為你與我同在；你的杖，你的竿，都安慰我。」既然可以信靠神，那麼紅塵中還有什麼令人畏怯恐懼的呢？

我常想，生活裡的離合悲歡都是上天送給我們的禮物，要讓我們多有學習。

我的好朋友每愛說：「苦難，是化了裝的祝福。」也無非是提醒自己在面對艱困時，能勇於承擔。有擔當、有作為，人生當然就會有豐收。

的確，人間是有缺憾的，那缺憾，也唯有愛能彌補。

也是在很久很久以後，我才明白，是那許多的好緣，讓我更加左右逢源、諸事順遂。我很感恩。

想起，屬於我生命中曾經有過的哀傷，無可言說，但畢竟是過去了。

認真打拼的必要

認真打拼有其必要，不只是發揮所長、自我實現，其實，也是未雨綢繆，積累起來或為暮年時的資糧。

朋友是個好女兒，她原本在南部工作，後來決定回到台北，和父母同住。

如此，工作當然得要重新再找。

求職也算是順利的。然而，就在新工作有了著落，即將上班的前一天，父親意外中風倒下。母親的年事已高，其他的人都在上班，孝順的她以照顧父親為優先，新工作只好放棄。

父親住院、出院，緊接著是漫長的復健之路。等到父親康復能行，已經是兩年以後的事了。母親說她的身體不好，無力料理三餐。於是身為女兒的她，只好留在家裡做家事，形同台傭。

後來她有一個男朋友，父母反對到底。那男子的學歷不高，所得不豐，父母為此多有嫌棄。

如果對方人品好，真心待她，我們鼓勵她追求自己的幸福，她卻遲疑不決。

男友的薪水不多，不足以養家活口，這事該怎麼辦呢？兩人的感情再好，可是經濟上無法獨立，問題很多。她的男朋友原是大客車司機，那麼，開計程車可以嗎？她卻跟男朋友說：「不要那麼辛苦。」

我還記得，我年輕時候忙到媽媽都不敢跟我說話呢。媽媽覺得我太累了，不忍心削減我休息的時間。

唉，任何事想要做得好，哪有不辛苦的？年輕時身強體健，當然更要認真打拼，自立自強，還要努力積蓄，晚年才會有依靠。年輕時若不認真打拼，哪裡會有未來？到底她是怎麼打算的呢？

我好想跟她提《雅各書》一章3—4節：「因為知道你們的信心經過試驗，生就忍耐。但忍耐也當成功，使你們成全、完備，毫無缺欠。」

行走人間，不也是這樣嗎？有時也充滿了困頓憂患，需要我們有智慧的去面對，以及做種種正確的抉擇。必要時，甚至當機立斷，改弦更張。

人無遠慮，必有近憂。

性格上的勤奮和堅忍有必要。

如何有智慧的行走在人生的路？我終於明白，那有多麼的重要。

《雅各書》

本書信充滿了許多基督教的箴言，關係生活上的許多實際問題，滲在許多其他題目中一直的重複著。本書信內的題目有：試探，忍耐，智慧，禱告，貧窮，財富，情慾，罪惡，信心，善行，偏待人，舌頭的罪惡，鬥毆，世俗主義，及自滿自是等。主要仍在論及基督徒信心與行為的關係，以及行為之於信心的重要，好叫我們在各樣光景中，活出敬虔人的生活。

【延伸閱讀】

《雅各書》一章2節：我的弟兄們，你們落在百般試煉中，都要以為大喜樂。

《雅各書》一章8節：心懷二意的人在他的一切所行的路上都沒有定見。

《雅各書》三章10節：頌讚和咒詛從一個口裡出來！我的弟兄們，這是不應當的！

我的心情，人生的歌

聖經的金句充滿了智慧，讓它和自己的心情結合起來，也寫一篇心靈的獨白……

不多的文字，卻句句都出自真誠的心。其中，有歡喜的淚，也有憂傷的歌。
請記得，我們永遠與愛同行。

卷三　溫良的舌是生命樹

原來
生命中
有些精彩只能經歷一次
有些美景只能路過一回

讓心寬闊

如果我們的心能更加寬闊，何事不能容？何物不能容？我們也同時成就了自己。

當我們小的時候，經歷有限，什麼事都要計較。很怕啊，怕功課退步，老師不喜歡自己，怕在朋友之間自己不受人歡迎，怕自己吃了虧、丟了臉……我們步步為營，戒慎恐懼，小小的心多半是不快樂的。

一天過一天，就這樣不快樂的活著。

而後，我們讀更多的書，更努力的學習，可是我們從來不曾放鬆自己，在不斷的催逼之下，我們的工作成績亮眼，可是距離快樂更遙遠。

總有一天，上天的考驗來了，我們或許生了一場大病，或許在事業上摔了一個大跟斗。在療傷止痛時，在心情低落哀哀無告時，很多事情讓我們思前想後。省思之餘，我們另有一番徹悟。或許改弦更張，東山再起；或許另有主張重新追求。更重要的是，我們讓自己的心沉潛，細細的想：這真的是我要的人生嗎？快樂嗎？有意義有價值嗎？

於是，我開始做一個更好的自己，慈悲而寬容，願意付出，不在意回報，學會堅強，學習勇敢，學會真誠面對，學習知難而退，讓自己的心思更加澄明，也學習做自己，不那麼在乎外在的一切，包括別人的評價和眼光……慢慢的，快樂來到了我的心中，我比較自在，也比較喜歡此刻的自己了。

《以弗所書》四章32節：「要以恩慈相待，存憐憫的心。」讓我們的品德有如花朵的芬芳，時時互助和關懷，以共此有情世界。

我知道，我們都只是人，難免會犯錯。完美是我們所追求的目標，然而眼前的自己都不是完美的，所以要謙卑的學，所以也要學會寬待別人。我們在別人的犯下錯誤裡，也清楚一己的不足，如果我們承認自己也可能犯錯，那麼又為什麼不能心懷慈悲，也接納別人的不是呢？

一個越是成就大事業的人越能寬容他人，看重對方的專長，也接納他的微小缺失，宰相肚裡還能撐船呢。一個目光淺短的人哪裡能做到這樣？總是睚眥必報，小心眼裡哪會有寬闊的天地？

讓心清淨，更要讓心寬闊，這是我們一生都要學習的課題。

溫柔的說話

你說話溫柔嗎？還是尖刻呢？

我的家人個性都很溫和，彼此以禮相待，不曾見有什麼紛爭。長此以往，我竟然以為，別人家也一樣。

很久很久以後，我才知道並不是這樣。

有些人的嗓門大、性子急，說話就像吵架。話不投機，立刻提高嗓門，氣急敗壞，彷彿就要兵戎相見了。或許因為有我這個外人在場，不好真的打起架來，結果是用力甩門離去。

我怕死了。即使不是衝著我來，感覺也簡直像是秀才遇見兵。

《箴言》二十五章15節裡，也有一句類似的話語：「恆常忍耐可以勸動君王；柔和的舌頭能折斷骨頭。」

我相信，柔和的言詞從來具有很大的力量。

聽說，有些人的家裡，不見一扇門是完好的，夫妻吵架，老是摔壞了門。那些門也真倒楣，雷聲之後，必有暴亂。

話好好說，有助溝通，以解決難題為目標，而不是暴跳如雷。凡事都有個「理」字，不是聲音大、拳頭大就可以穩操勝算。

可是，夏蟲可以喻冰嗎？

像這樣的莽漢或潑婦，有時候遇到，也只好認了。除非對方願意痛下針砭，努力修為，或許改善還能有望；否則，只怕希望渺茫，畢竟本性難移。

我真心慶幸，能生長在一個和樂的家庭裡，要保有溫和的個性，相形之下，容易多了。

《箴言》

是舊約聖經詩歌智慧書的第三卷。主題：在敬畏神。收集所羅門王翰其他人的智慧語。這些智慧的話語，主要在教導人如何行事為人，並在為人生活中建立規範並且頌揚智慧。

【延伸閱讀】

《箴言》四章25節：你的眼目要向前正看；你的眼睛當向前直觀。

《箴言》八章14節：我有謀略和真知識，我乃聰明，我有能力。

《箴言》十五章4節：溫良的舌是生命樹；乖謬的嘴使人心碎。

《箴言》十五章13節：心中喜樂，面帶笑容；心裡憂愁，人被損傷。

話出如風

我算是一個謹言慎行的人，犯錯機會可能因此減少，卻也無法完全杜絕。

有時候在無心之下，我也可能出現失誤。

有事跟往日的學生連絡，很快的，事情談完了。她跟我提起了十年前的那次同學會。她並不知道，那是我刻意參加唯一的一次。實在是因為太喜歡他們了。當年課堂上的純真與有趣，也讓我很想看看進入中年的他們會是什麼模樣？

他們的同學會我去了，情緒非常激盪，難以平息。每一張既熟悉又陌生的臉龐，在在讓我意識到「時不我予」。
還是很感謝當年課堂上的相逢。原來，生命中，有些精采只能經歷一次；有些美景只能路過一回。
這是當時，留給我最深的感觸。
但是，她跟我說的，竟然是，當她跟我提到後來她一邊教小學，一邊讀書，讀了大學，又讀了研究所。這不是應該大大的稱揚一番嗎？據說，我當時竟然說的是：「幹嘛讀那麼多書？」我想，我一定是心疼她的辛苦；然而，讀書還是要趁早，越晚，各方面的條件更加難以配合，付出的代價恐怕會更大。
一生中，我們做各種投資都可能失利，然而，教育的投資則是很好的個人投資，讓自己在各方面變得美好，這是最成功而不可能後悔的。
此刻，我坐在窗前，努力追憶前塵往事。我還記得，那是個鬧哄哄的同學會，來了很多人。大家都很興奮，每個人都想來跟我說幾句話。於是，我的話語經常被打斷。總之，就是在倉促中結束，又在倉促中另起話頭，不斷的循環。恐怕很少有說得完整的，只記得我累壞了，當時我並沒有想到，那些破碎的、不完全的、沒說清楚的話，是有可能造成誤解。幸好當時曾經留下一篇短文〈花落春猶在〉，寫有實況，可為佐證。

現在想來，我跟她說那樣的一句話，卻沒有再做任何的補充說明，恐怕讓她很受傷吧，也居然記到了十年以後的今天。

《以弗所書》四章26節：「生氣卻不要犯罪；不可含怒到日落。」

生氣，畢竟傷身，還是放下的好，那才是真正善待了自己。

縱使她沒有生氣，想來仍然是懷有幾分憂傷和不解的吧？而這一切，都起緣於我當時的無心之過。

此刻想來，我仍心懷歉意。

話出如風，也提醒了我談吐小心為要，如果說得不夠精當，遭到誤會，或許沉默更佳。

【附記】花落春猶在

鬧哄哄的同學會開鑼了。

我才剛踏進聚餐的地點，還沒能辨識眼前是哪些人，就有人起鬨的說：「老師，講故事！」

「鴻門宴哪！」惹得大家都笑了起來。

二十多年前，我們曾在課堂上相逢。那年，他們國二，我教他們歷史。連教了兩年，的確說了不少故事，很多是我自己喜歡的，來自文學、電影和戲劇，也有一些是歷史。

到底我說的第一個故事是什麼呢？誰拿了讀書心得的獎品？

魏榮男說：「第一個故事是『白門再見』，就要求即刻寫心得報告。得獎的是張妍蕙，獎品是一本書。她寫的是：『白門』是一個愛慕虛榮的女孩……」

我張口結舌的看著他，不知他何以能這樣的如數家珍？

我說：「都這麼久了，說不定連張妍蕙都不記得了。」

「我，當然記得啊！」妍蕙轉過臉來，張大眼睛看著我說。

妍蕙結婚以後，在家相夫教子。這個蘭心蕙質的女子，願意回歸家庭，其實是全家人的福氣。

我的說話常被打斷，因為中途經常有人加入，又另起新的話題，旋即又有人問了新的事……斷斷續續，破破碎碎，竟然成了特色。

或許大家都太興奮了，都想來說幾句話。

彩玲完全沒變，一眼就能認出。彩玲最近給我的信寫得極好，彩玲笑說：「老師，為了這封信，你知道我寫了有多久！」

龔恩諒帶了一雙兒女來，都很可愛。當年他照顧自家小妹的用心，讓我印象深刻。用單車載她，還抱進抱出的，有一次來到我的住處，找我聊天，也帶著妹妹來。說沒多久，竟跟我說：「老師，我要回家了。因為我妹妹要睡了。」我很少看過這麼疼愛妹妹的哥哥。心想，將來他必然是個顧家的好男人。

我問恩諒：「妹妹現在怎樣了？」

他竟答非所問的回說：「她有三十歲了。」大概此刻，他的心思全在小兒女的身上，讓我莞爾。

孫玉帛坐到我的近旁來說話，她大學時學的是編採，還當過兩年的記者，後來考進郵局。郵局的靜態工作，其實更適合她。我還記得國中時她乖巧的模樣。

筱文和彩玲，國中時是死黨，經常相偕到我那兒聊天，和我很熟。筱文讀大學時，簡直和我斷了音訊，別後二十年毫無消息，據說她在網路上搜尋我的名字，看完了跳出的多筆資料，還說：「好奇怪，鄭老師好像變成作家了。」

唉，我們住在同一個島上，我出的書不是一本，而是數十本。粉絲多的是，就少了這個寶貝。

大概為了掩飾心中的不安，在電話裡，她的說辭是：「老師，我比較晚熟。真的，我到大一腦袋才開竅，才知曉人情世故。」

當然，我也看到她了，不再穿著制服，頭髮也有一點奇怪，但臉孔一如當年。聽著她無厘頭的說話，我死命咬著下唇，生怕會忍不住大笑起來。……

我很累，幸好已經到了尾聲。他們永遠也不會知道，從他們找到我的那一刻起，我幾乎夜夜失眠，為的只是今日的相會。他們又如何知曉，所有我對白河的無法割捨，仔細追究起來，竟是對他們的深深思念！

文琦送我下樓，這個當年敏於思、勤於學的孩子早已長大，在他出國讀書前，我們還曾一起吃過飯。今天再相見時，仍然感到歡喜，竟覺得他好像不曾去國離鄉。或許是因為我們當年太熟了，我常聽他滔滔不絕的訴說見解，實在太有趣了。

所有的日子都會成為過去，再美麗的花朵也都有辭枝離葉的一刻，
只要我們記得彼此曾經真誠相待，我們也就留住了生命的春天。

讀到了妳的信

清晨，我打開電子信箱，讀到了妳的信：

「這輩子欠妳太多，願妳快樂過每一天……」

唉，好朋友請千萬別這麼說，其實，妳從來不欠我什麼。

認識妳，是因為我們是同事，而且坐在同一個辦公室。

妳一向活潑開朗。記得有一天，那也是久遠以前了，我和朋友們要去日月潭玩，正好在車站見到路過的妳，我們閒聊了幾句。由於緊接著元旦的連續假期就要開始了，我隨口問妳：「連續假日，妳要去哪裡玩？」

「啊，爬奇萊山。」妳興高采烈的說。

那一陣子，奇萊山的山難才剛發生，喧騰一時，傳播媒體大肆報導，讓人想不知曉也難。

隨即，妳又大笑起來：「即使沒有回來，也沒有關係！」

那次簡短的談話，卻留給了我深刻的印象，直到今日都不曾忘卻。

妳是父母偏憐的么女兒，從小得到的寵愛最多，卻也極為懂事體貼。年輕未婚的妳，居然還能在別人的婚姻即將面臨風暴時，熱誠的相勸，也挽回了可能破碎的局面，真讓我們大為驚奇。

有一次，妳穿了一條藍色的大圓裙來上班。那天空一樣明朗的色澤，很吸引人。我盛讚了裙子的美麗。

妳說：「只有妳稱讚喔。裙子是我自己憑想像做的。」

還真是天才哪。

我其實想不起來曾經幫過妳什麼，以妳平日的聰慧能幹，恐怕是妳照顧我比較多吧。

有一年，辦公室的兩個同事因金錢借貸而翻臉，吵了好一陣子才平息。過了好久，恐怕都有十多年了。有一天，後知後覺的我，突然想起這件事，問妳，到底後來是怎麼解決的？

妳說，妳勸她們各讓一步，而妳從自己的積蓄裡，先拿出錢來，幫忙代償。妳還說，事情都已經過去好久了，最好就別再提了。

《以賽亞書》五十八章10節是這麼寫的：「你心若向饑餓的人發憐憫，使困苦的人得滿足，你的光就必在黑暗中發現；你的幽暗必變如正午。」人間最珍貴的，不就在這份同情之心嗎？真摯的同情會發光，照亮黑暗，也照見更多的人。

妳的個性熱情，到電台主持節目也做得有聲有色，知音不少呢。

當我換了新工作以後，我常想念妳。妳太忙，不容易找。我還搬了家，距離很遠。妳竟有好幾次突然來訪，給了我很大的驚喜。

好朋友，妳從來不曾欠過我什麼，記得喔。

看來，是個快樂的人

她的確是手巧到不行，第一次見面時，就送了我不同口味的兩包自己烤的手工餅乾，還有彩繪筆袋和手工皂。誠意十足。

我記得作家羅蘭說：「有時候，金錢買得到的東西，其實是比較俗氣的。」

我想，其間的差別在情意。

可是，若要手作，也還得手巧才行。

聽她說話，聲音清亮，帶著歡喜的語調。我想她真該去教書，有這麼好的聲音！要不，唱歌也好。只不知她愛不愛唱歌？

我們只是隨意聊聊。談他們國小時六個要好的同學，長大後成了「好到不行」的好朋友，友誼的長遠超過了四十年，而且仍在持續之中。真是太不容易了，簡直是一樁佳話，讓人羨慕。

看來，她是個快樂的人。早上赴新竹做生意，下午兩點收攤以後，則做自己喜歡的事。在我以為，也夠忙的了。她似乎並不覺得。

也許，在她，人生這樣就好了，哪裡還需要冀求更多的名與利？

《箴言》十七章22節中說：「喜樂的心乃是良藥。」能歡喜面對，縱使身上有恙，許多的症狀都可以得到減輕，甚至消除。疑心生暗鬼，有時候，還真的是自己嚇自己呢。

她是一個很漂亮，也很有趣的女子。

在她告辭離去以後，彷彿仍把清亮的聲音留了下來，滿屋環繞。

路途中的花

每一個鼓勵，都是人生旅程中綻放美麗的花。

一九九二年春，我不小心受傷骨折，拖延了很久，遲遲未能痊癒。有編輯朋友在報端發佈消息，因而驚動了許多人，包括識與不識。不少文友前來探問，更有讀者送花來、寫信來。

這完全不是我的本意，可是事已至此，我唯有誠心的接納。

「創作，必須把知識變為智慧，還得加上敏銳的觀察力和豐富的想像力，才能出金玉。而您得天獨厚，千百人中難得一見，故希望珍重。」又說：「我，一個獲過您太多教益的讀者，在您傷疼之際僅表達一點微不足道的敬意和問候，千萬請別放在心上！」

信寫於一九九三年六月五日，宋川琦寄自高雄。字寫得很好，他特別喜歡我的《清音》一書，認為處處充滿了智慧之語和人生哲理，曾經讀過無數遍，至今仍常在翻閱中。他說，「即使像傘和藤，都是極為人們所輕視的，卻賦予了它強而有力的新生命，必然是有一顆靈慧而又富同情的心，才能寫得如此高潔感人、發人深省。」

其實是太過譽了。

我該如何回報呢？大概也只有心懷感激，更努力的把書寫好。

《希伯來書》十二章1節：「存心忍耐，奔那擺在我們前頭的路程。」世路崎嶇，持續的努力是必須。如此，我們才有可能在長久之後，看到微小的成果，也美麗了我們的世界。

我想起琦君阿姨曾經在我的面前，一再感謝編者對她的鼓勵，讀者對她的善意。當時，我一點都不能明白。心裡想：以她是國寶級的大作家，她的文章寫得如此溫柔敦厚，編者必然趨之若鶩，讀者也必定歡喜讚嘆，為什麼她還要這樣感謝呢？……

此刻想來，一方面是她的大家風範，謙沖情懷，另一方面是寫作艱難，所有的鼓勵，都是支撐繼續前行的力量。

我距離琦君阿姨的文壇地位太遙遠；然而，我更應該時時懷抱感恩的心，感謝這一路走來，有許多人善意的扶持，其中也有來自上天的成全。

每一個鼓勵，都是人生旅程中綻放美麗的花。如果，屬於我的人生的路充滿了鳥語花香，我相信，那是來自許多愛的鼓勵。

《希伯來書》

上帝透過傳講的「牧者」，勸勉今天我們這些基督徒，不管環境怎樣惡劣，面對的逼迫和引誘無論怎樣嚴厲，與罪的鬥爭到何等地步，我們都不可棄絕主的道；要忍耐到底。

【延伸閱讀】

《希伯來書》十章24—25節：又要彼此相顧，激發愛心，勉勵行善。你們不可停止聚會，好像那些停止慣了的人，倒要彼此勸勉，既知道那日子臨近，就更當如此。

《希伯來書》十章35節：所以，你們不可丟棄勇敢的心；存這樣的心必得大賞賜。

《希伯來書》十二章1節：……當放下各樣的重擔，脫去容易纏累我們的罪，存心忍耐，奔那擺在我們前頭的路程。

不願等待

終於明白，我是一個不喜歡等待的人。

也許，是因為我的性子比較急。

最近訂了一小箱書，有二十四本。對方說：「這個禮拜，書會送到。」於是，我幾乎不敢出門，就怕書送來時沒人簽收。

週一週二週三都過去了，不見書的影子，週四上午也沒有，下午了，我忍不住打電話去問，確定週六可以送到，總算放下一顆懸著的心。

我不喜歡等，當然也努力不讓對方等。

有一年，很久以前的事了。我在報上的副刊寫專欄，每周一篇。第一次交稿時，我一口氣交了半年的稿，以免主編等稿等到跳腳。

我的好朋友說：「能遇到像妳這樣的作者，哈哈，主編真的可以高枕無憂了。」

也許是因為律己過嚴，我經常是緊張的。

還有一年，我跟醫生合寫專欄，寫到什麼程度呢？提前交稿是一定的，存稿則在兩個月之後。主編大叫：「妳不要再寫了，趕快去休息。」

問題是當我閉上眼睛，完全無法入睡，甚至一直想吐。

只好去找我的醫生。醫生開了安眠藥，然後，意味深長的跟我說：「妳交了壞朋友了。」

醫生好幽默。他可是我「醫生朋友」專欄的搭擋呢。

我真是一個容易緊張的人，工作成績優，健康則耗損驚人。

然而，仔細想想：人生裡，有一些事，也的確是無法等待的。

等一下，等一下，就可能等到下輩子去了。

我很努力做到即知即行，也是為了不讓自己的人生留有憾恨。「坐而言，不如起而行」，這句話是我服膺的。《雅各書》二章17節說：「這樣，信心若沒有行為就是死的。」也在說明力行的重要，切莫因循怠惰，萬事竟成蹉跎了。

到底，有什麼事情不能等待呢？

親情不能等。

孝順不要拖延，父母逐漸老去，無法做長久的等待，所以行孝要及時。和親人歡聚要及時，對長輩，要前往問候、探望。……有可能一轉眼長輩就凋零了，晚輩就長大離家了。當父母在天上，我們能不有所憾恨嗎？

機會不能等。

因為所有的機會都是稍縱即逝的。工作要努力，機會要把握。否則，蹉跎無益，只會帶來悔恨。在年輕的時候，就要工作，從其中得到各種的學習，例如人際關係的和諧，能力的培養，應對進退分寸的拿捏，做一個受歡迎的人。

別以為失去的機會還能再敲第二次門，除非是奇蹟，那太渺茫了。反省不能等。

時時要反省，有錯要立即更正，這樣才能得到進步。日有進境，就能帶來快樂和成長。沒有人是天生的聖賢，但是由於肯反省改過，我們會不斷的變得更好，的確是重要而正向的。

不要空等待，也千萬別讓人生在等待中虛度了。

我承認，基本上，我是個不願意等待的人。

曾經相遇

生命中所有的相遇，都是難得的緣分。

大學剛畢業，她到國中教書，由於是音樂科班出身，不多久，學校成立了學生合唱團，那一年由她帶領，遴選、訓練、比賽，好一場忙碌。

合唱團的成員以國二生為主，有些是她課堂上的學生，有些不是。後來，合唱比賽結束了，還得了獎，大家都很高興。假日裡，有些團員會來家裡玩。那時候，她的兩個孩子都還幼小，丈夫則奉派國外進修，她裡裡外外的張羅，很是忙碌。

那個小女生也曾經來過，好像是自個兒來的，就跟她的兩個孩子一起玩，她則忙著作家事。

玩了一會兒，正好她走過，小女生抬起頭來對她說：「老師，我可以叫您『媽媽』嗎？」

她笑了笑，沒有回答，仍然忙著。

廚房跟客廳是相通的，她走來走去，再一次走過小女生身旁時，小女生跟她說：「老師，這是我媽送給我的項鍊喔。」她不經意的笑笑：「好漂亮喔。」心裡卻不以為然的想，不是有媽媽了嗎？怎麼還要叫別人媽媽呢？……後來小女生回去了，上國三，畢業了。

幾年以後，有一次，她在學校門口，遇到了幾個畢業的學生，也曾經是合唱團的，她順便問起了當年的那個小女生。他們說：「國二時，她爸爸媽媽離婚了，她跟爸爸。」她突然想起，那小女生曾經要求「我可以叫您『媽媽』嗎？」心中覺得愧疚和不捨。當年，她完全不知道小女生家中的變故，小女生說那句話時，一定是很思念媽媽吧。

從此以後，她時時提醒自己，要以更加柔軟的心來對待學生，努力結更好的緣。

她想：人生中每次的相遇，都是緣分，真該時時謹記，懷著珍惜的心，不再無意間傷了人還不自知。

這樣的勇於省思，審慎前行，也讓她在進德修業上不斷的提升，令人稱道。

我認識她比較晚，卻成為很好的朋友。她在許多方面，對我都多有教導和啟發。在我的眼裡，她也一直是個委婉溫暖的人。尤其，家庭和工作都處理得很好，多麼不容易。

《箴言》三十一章10節中說：「才德的婦人誰能得著呢？她的價值遠勝過珍珠。」好女人持家育兒，也讓丈夫無後顧之憂，是家中的寶，時常散發著溫暖的光。聖經裡的這段話是很有道理的。

祝福她的人生永遠順遂美好。

友情的溫暖

我常在夜深時候接到她給我的電話。她不知我睡得早，我也從來不曾明說。為什麼不說呢？我想：我是領她這份情的，加以我從來沒有睡眠障礙，只要電話一結束，我還是可以很順利的進入夢鄉。既然這樣，也就不必明白相告。

也許，是到了那個時候，屬於她生活裡的俗務才終於料理完畢，心情也比空閒了，可以說說自己內心的話。啊，我有多麼的榮幸，是她在許多朋友中精挑細選，認為是心意相通的知交。

好，那麼，到底在那些個深夜的電話裡，我們說的是什麼呢？

不是戀人，所以沒有甜言蜜語可說。

早就下班了，當然不必把辦公室裡的紛爭擾攘再覆述一遍。唉，除非你跟自己過不去，存心找自己的麻煩……

多半都是她在說，我偶而哼啊兩聲，有如文章中的標點。其實，我早已躺在床上，昏昏然，就要睡去。

也許她跟我說的是一個真實的故事，她自己的親身經歷；也許她跟我說的是一個聽來的故事，也是真實的，只是發生在別人的身上。有時候，她提起陳年往事，追憶似水年華；有時候，她甚至為我說一場好看的電影……

不能說不豐富，也不能說不精采。

問題在，越到後來，她說得興起，我聽得迷離，彷彿是在夢中。

第二天醒來，我常常得苦苦追索，昨夜枕邊，我到底聽了什麼？有的早已遺忘，再也無從尋起；有的支離破碎，補綴不易，彷彿得經過重新塑造，或許其中也有我的心思吧；只有極少數的，仍清晰如在耳邊，那多半是發人深省，或感人極深的。

原來，深夜電話裡的絮語，並非全如風過耳旁，有些仍被悄悄的記住了。

有一個肯在深夜電話中為你說故事的朋友，有多麼難得。哪裡會是時時都有？仔細想來，也是幸福的。

彷彿她所力行的，一如《以弗所書》四章29節：「汙穢的言語一句不可出口，只要隨事說造就人的好話，叫聽見的人得益處。」縱觀她平日的言行和待人接物，我以為，她都做到了。

真是一個多麼好的人！

誠心謝謝她給予的友愛。有人曾經把你如此放在心上，的確是多麼值得珍惜的情誼。

一如我的祝福

很高興看到文琦。他曾是我課堂上的學生，那年，他讀國二。彷彿才一轉眼，連文琦都進入中年了。我簡直不敢相信。

喜歡文琦，是因為他很有趣，愛思考，口才好，頗有幾分自信。他一定不曉得，我是他的老師，卻老是從他的身上看到自己沒有的優點，我也很羨慕啊。

當年他讀國中時，歷史每次都是高分。國三時，有一次模擬考測驗，有一題大家都不會，全班哀哀叫。我心想，說不定真的是太難了，或者就送分吧？

看到坐在遠處的他，我揚聲問他：「選擇的某某題，你答對了嗎？」

「答對。」果真是厲害。

我只好跟大家說：「沒辦法了，有人答對呢。」

有一次，他還跟我說：「歷史要考好，很簡單啊。您就讓學生拿到課本時，從頭到尾看兩遍，就沒有問題了。」

我好笑的看著他，難道他以為人人都是文琦？

哈哈，正因為文琦只有一個，他在我的心目中也才彌足珍貴。

果然，讀書是要下工夫的，我相信「功不唐捐」，所有努力過的，才真正是屬於自己的。

如今的文琦學成回國後，已經在大學裡作育英才了。

最近，我們還見過面。那天，他客氣的幫我們削蘋果、洗碗，還斟茶。

在場的恩諒還說：「竟然讓大教授為我們『執壺』！」的確榮幸之至。

文琦年少時飛揚的神采已略減，跟我們談起他的兒子，應該也是有趣的，讀國三。有個聰慧美麗的小女生跟他告白，有些「少年維特的煩惱」，正在讀柳永詞。……

我一聽不免莞爾，有點早熟。

我這幾個月，也在讀《柳永詞集》，文壇上，柳永站在一個承先啟後的位子。其重要性不言可喻。然而，他一生繫情聲色，歌酒流連，如此即時行樂，也招來多少鄙夷的眼光。淺斟低唱的浪漫，畢竟換不取浮名。現實生活的種種不得意，卻也造就了他詞藝的輝煌。

希望天真的小文琦有其才情，而不要走上那樣艱難困頓的人生旅程。

聖經上《馬可福音》十章14節：「讓小孩子到我這裡來，不要禁止他們；因為在神國的，正是這樣的人。」

也盼望小文琦是個蒙受上天祝福的幸運者，未來擁有屬於自己的快意人生。

跟文琦問起他那美麗的姑姑，姑姑遠居美國。

「姑姑好愛漂亮，她的女兒也是。」

我回說：「因為愛美，所以才會更美啊。」

興趣，其實是推動我們向前的動力。文琦從小愛讀書，也果真讀了很多書。愛思考，所以比起同儕深刻很多。

他走在一條很好的路上，至少是他喜歡的，一如我的祝福。

《馬可福音》

主題在耶穌為人子，一如我們所說的「非以役人，乃役於人。」論及主耶穌基督是神完美的僕人，以及是我們的救主。彰顯了其人格的偉大。

【延伸閱讀】

《馬可福音》三章28－29節：我實在告訴你們，世人一切的罪和一切褻瀆的話都可得赦免；凡褻瀆聖靈的，卻永不得赦免，乃要擔當永遠的罪。

《馬可福音》三章35節：凡遵行神旨意的人，就是我的弟兄姐妹和母親了。

《馬可福音》十章45節：因為人子來，並不是要受人的服事，乃是要服事人，並且要捨命，作多人的贖價。

年少時的朋友

容伊、同春和我是年少時的同班同學，認識時，我們十三歲。同春是容伊和我共同的朋友，但我和容伊卻不是那麼熟。

畢業時，同春和容伊決定報考師專。事前她們討論過，容伊想考屏師，同春則是嘉師。由於在同一天招生，兩個人都極力遊說對方跟自己報考同一所學校，但似乎沒有交集。報名日期到了，同春想：「容伊要考屏師，那麼自己也填屏師吧，也好作個伴。」哪知容伊也想：「同春想讀嘉師，那麼就一道吧。」結果兩個人都考上了，注定要讀不同的學校。

長大以後的我們都在教書，我教國中，她們在國小。別後多年，我們重逢。同春一得訊息，從台南飛奔而至，真有說不出的興奮和歡喜。和我同住在台北的容伊，則老是要等待同春北上才相偕一起來訪。

據同春相告，容伊認為，我年少時不太搭理她，對她有幾分冷淡，不易親近。

同春很驚訝，她對容伊說：「不會啊，我們下課時，常手牽手一起逛校園呢。」

我想，其實，我只是安靜而害羞；然而，人間的緣分無可解說。或許容伊對我有點小誤會吧。

難道是我曾經在無意間說錯了話，惹得她不高興了嗎？或許也有可能。聖經上的《箴言》廿五章11節：「一句話說得合宜，就如金蘋果在銀網子裡。」

所以，一言一行多麼需要留意。

好幾年以後，有一天，容伊突然登門拜訪，還帶了許多禮物相贈，簡直讓我受寵若驚。

原來，容伊發現我在書裡寫下了這段誤會，竟然還出現了第二次，顯然茲事體大，還真不知是否會遺禍連綿，因此特地前來解說，以示澄清。

當然，相談也甚歡。

想來，容伊還是在意的。

且珍惜此刻的把臂言歡，因為不是時時都有，也一樣有著珍重寶愛的心情。……

誤會冰釋，依舊是好朋友。只是，仍不免覺得：還真有幾分小題大作呢，令我莞爾。

溫柔的注視

我一直真誠的對待來到我面前的每一個人，努力地想要做到《馬太福音》五章37節：「你們的話，是，就說是；不是，就說不是；若再多說，就是出於那惡者。」

真誠，是我的人格特質。不說謊，更不妄語。

我也從來被認為是一個感覺敏銳、心思細膩的人。可是，還是有許多事情是我一無所覺的，總是在多年之後，才有人告訴我。

她長大以後，都已經進入中年了，我們相遇，她跟我說：「好可惜，國中三年，我都在您教的隔壁班，而無法成為您課堂上的學生。那時候，每到下課，我常望著您遠去的背影，覺得沒能聽到您的講課，好遺憾……」人生總是不能盡如人意，或許，也因為這樣，讓想像更加綺麗吧？小女生當年曾經那樣溫柔的注視，也讓我在知道以後，非常的感動。

後來我調回台北教書，也教了好些年。有一次，我在公車站牌等著搭車回家時，遇到了我的同事，她教理化。

她跟我說：「幾年前，我們班有個小女生，每天早上進校門的第一件事，是先繞到妳的辦公室，去張望妳的身影，然後才開始一天的作息。妳總是到校得很早，工作專注，也成了她學習的榜樣。」

我完全不知有這樣的事。當小女生溫柔的注視，她想的是什麼呢？如今早已長大的她，願不願意走到我的面前也讓我見一見她呢？

紅塵擾攘，有太多的紛爭，我們一經陷落，便身不由己，掙脫何其不易。有了是非，就有曲直要判斷，私心一旦介入，天真很快的消弭，更要大嘆「現實生活有如樊籠」，內在的牽掛，最令我們無法悠閒自在。那麼，請來到大自然吧，聆聽山水的清音，才能讓我們緊綳的心弦得到徹底的鬆綁。……

謝謝曾經有過那些溫柔的注視，那麼，我但願都能真誠的回報。那些曾經被關懷的溫暖，此刻想來，也像詩一般的美好。

說話請小心

當我長大，我發現世上沒有「永遠」，尤其，說話時要更謹慎，不宜說得太滿，最好請避開說「絕對」、「永遠」等類似的詞。

因為人生是一條長遠的路，我們都可能遇到種種的考驗，原以為不會發生的事發生了，憂傷和挫折何其多，太滿的話讓我們難以轉圜，有時也會是一場尷尬，甚至讓自己下不了台。

尤其，話語也如水，水能載舟，也能覆舟。能不審慎嗎？

聖經中有句話也說得非常好。《箴言》十二章18節：「說話浮躁的，如刀刺人；智慧人的舌頭卻為醫人的良藥。」

果然，說話是需要謹慎，甚至智慧的。台灣俗諺也有：「良言一句三冬暖，惡語傷人六月寒。」說話哪裡只是小事？

有一年，我的好朋友身體不好，氣血不足，常有痠痛，於是，我找學中醫的好友帶著她的針灸師前來協助。由於彼此的交情好，完全是義務幫忙，然而一針之下，我的朋友大呼小叫，哀叫之聲不絕。說是痛死了，說「這麼痛，寧可死，再也不要針了。」因為是受我之託，針灸師仍然很有風度的，全程針完，方才起身離去。可是，我的好朋友當面那樣的說詞已經很傷了人，而我夾在中間，更覺得灰頭土臉，裡外不是人。

很多很多年之後，我的好朋友大病，家人延請整脊師前來幫忙，另外每周三次前往診所針灸，多管齊下，頗有起色。她跟我說：「我相信針灸，針灸才是治本。」

真是前倨後恭啊。

她是不是依然記得，她當年曾經那麼斷然的說過「寧可死，再也不要針了。」的傷人話語呢？

這件事給了我很大的警惕，話出也如風，請千萬小心。

我的心情，人生的歌

讀一段聖經文字，選出令人怦然心動的佳言美句，讓它和自己的生活經驗結合起來，也寫一篇小品……

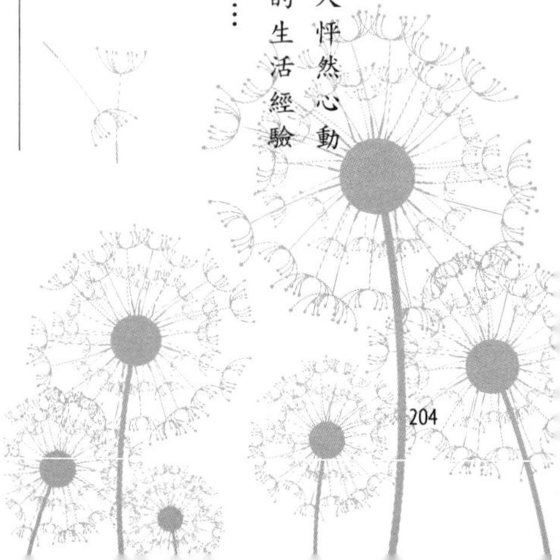

歲月滄桑，人間悲喜，說一個故事，紀錄一段生活，這都是人生的歌，留予他年說夢痕。

卷四　一生果效由心發出

讓我們的品德
有如花朵的芬芳
時時互助關懷
以共此友情世界

善心最美

她打電話給我，說想來玩。

「好啊，妳有什麼事嗎？」

「沒事，就不能去嗎？」

「哈，妳每次都有事才來的啊。」

原來，這次她要跟碧玉一起來。

我們三個是年少時候的同學，當然彼此相熟。她們兩個都超優，書讀得好，工作能力非常出色。

單說打電話的這個好了。即使五十歲退休以後，還忙著帶合唱團，出國表演，上看守所鼓舞受刑人，在婚宴中主持婚禮進行，甚至高歌一曲以娛嘉賓，有時還要充當媒人，以成人之美……看來，簡直忙得不可開交。我周遭退休的朋友中，以她最忙。

能力強，卓爾不群，畢竟難掩鋒芒。

最近她又去主持婚禮進行，賓主盡歡，額外賺了一筆豐厚的酬勞，於是她拿了一萬塊捐給弱勢家庭，資料恐怕還是從報章雜誌看來。

不料對方寄了五十斤自家種的番薯以為報答。因為家境窮，也買不起農藥來噴灑，反而成了貨真價實的有機番薯。

她因此順便問我要不要？

「要啊，很愛啊。」然後，我告訴她吃番薯的種種好處。番薯，已經是目前餐桌上最夯的食物了。

她能心存善意，幫忙生計困難的人家，的確讓人心生歡喜。對方則心懷感恩，以自家種的番薯為報。施與受，都各自展現了誠意，多麼讓人感動。

如此的施與受，都值得我們稱揚。

《使徒行傳》二十章35節寫著：「當記念主耶穌的話，說：『施比受更為有福』。」

我們常說，行善最樂。應該也是相同的意思。

善心最美，我深以為然。

《使徒行傳》

本書的作者與路加福音書的作者是同一個人，是一位名叫路加的醫生所寫的。路加寫這本書的目的，很可能是為了要繼續說明耶穌基督復活升天之後，門徒們怎樣傳承耶穌基督顯現給門徒看的，主要在記載門徒傳道的活動。

【延伸閱讀】

《使徒行傳》十六章31節：他們說：「當信主耶穌，你和你一家都必得救。」

《使徒行傳》二十二章16節：你們既受洗與他一同埋葬，也就在此與他一同復活，都因信那叫他從死裡復活神的功用。

出書，難不難？

出書難？

由於國內出版法的改變，相形之下，出書其實是非常容易的。人人都可以出書，找一家印刷廠，給不算多的錢，就可以美夢成真了。

出書難！

如果冀望由出版社來出，難度就會高很多。書，是商品，沒有一家出版社願意做賠本生意。所以會考慮再三，要挑選，要好，還要暢銷。總之，就是要賺到錢。

交給印刷廠來出，快速，沒有什麼門檻，可以依照你的意願。然而，除非你精於此道，否則，出來的成品恐怕不夠精緻。

交由出版社打理的好處，是有許多專業的人來替你服務，包括封面設計、內文編排、字體大小……作者可以不必費心。更可貴的是行銷，包括行銷的廣告、管道和策略。

出書，對暢銷作家來說是輕而易舉的，因為他們炙手可熱，是市場的寵兒。有多少出版社排隊等著求一書稿而未必可得，當然身價不凡。

對一般作家、新銳作家或者只是對寫作有興趣，正打算投石問路的人來說，恐怕都不是那麼容易。除非潛力豐厚，被出版社看好，願意栽培，給予機會；否則，阻礙連連，不多久，只怕連豪情壯志都被消磨殆盡了。

當然，還是會有一些管道的。

例如，從文學獎中勝出。不斷的得獎，累積了一定的知名度，出版社就會有興趣了。

例如，成為話題。你的真實故事夠感人，或者你的部落格人氣超旺，點閱率多到被出版社發現了，那麼出書的機會就會跟著來到。

然而，出書，也只是開始，書賣得好不好，恐怕關係著下一本書能不能出了。

看起來，還是困難重重。

那麼，你問我，「妳出書難？還是不難？」

不算難。有時候，也不算容易。

有一次，我想出一本書，好朋友得知了，力勸我去試一家我也很喜歡的出版社。

我有一點遲疑，因為不熟。

我知道，我可以讓我的作家朋友來推薦，可是，又覺得何必那麼麻煩？我從來都認為，如果作品夠好，是不會有人推掉的。

於是我給出版社打電話，運氣不好，總編輯不在，副總編輯也不在。順便問一下副總編輯是誰？我一聽就覺得糟了。多年前，她還在別家，我曾經為了某件事找過她，結果她感冒請假，根本沒有接到頭。那事也就不了了之了。

這次也是，她不在，她出去，她還沒有進來。……

我心想，只怕凶多吉少。

接電話的人問我，願不願意留話？她知道我嗎？

她知道我嗎？我們不認識，她或許不知道我吧。

終於聯絡上了，時機不對，遇到國際書展，他們很忙。審稿要一個月。

一個月，我覺得有一點長，不肯等。後來，我要了對方的伊媚兒。

我說，我要再想一想，等我想清楚了，會傳書稿過去。

結果我立刻換了一家出版社，也夠有名，也不曾合作過，審稿只用一天，第二天，就談簽約細節。

合作愉快，書很美，而且由總編輯親自下來操刀。我說：「出一本小書，哪裡需要勞駕您？」

對方客氣的說：「我一直很喜歡您的書，能幫您做一本書，也覺得很榮幸。」

我相信，所有的幸運，當來自上天的恩典。

想起《箴言》十六章2—3節中所說：「人一切所行的，在自己眼中看為清潔；唯有耶和華衡量人心。你所做的，要交託耶和華，你所謀的，就必成立。」

神的愛與成全，果真無所不在。

在開心裡，出了一本美麗的書。也或許，這才是我比較在意的吧。

一面鏡子

待人，也像鏡子的反射。

你以什麼樣的態度待人，也會得到相同的回報。

看到別人有得意的事情，就應感到高興；看到別人有失意的遭遇，就該生出憐憫心，這都是自己真實有所學習的地方。若別人成功就忌妒，失敗就歡喜，只是白白壞了自己的心術。

要以寬厚待人，憂戚與共，而不是心存忌妒，幸災樂禍。一個心術不正的人，又如何快樂得起來呢？

當我們以忠厚待人，別人也會以忠厚回報自己。

一個刻薄寡恩的人，別人也會以相同的態度對待。如此分明，絲毫不爽，豈能不懼？

我們更發現：我們的心像一面鏡子，清晰的映照出外在的世界，無論天光雲影，也無論美好和醜陋，於是，我們對外界有了更多的了解和認識。

也有人跟我說：「生活就是一面鏡子，你怎麼待它，它就會怎麼回報你。」這話讓人深思。

一個謙卑的人，也常贏得別人的尊重。一個自愛的人，也才有能力愛人。有涵養的人表現在外的舉止，也常是從容的。

《馬太福音》五章3節：「虛心的人有福了，因為天國是他們的。」虛心是美德的根源，有福就會快樂。

我有個朋友從來都不快樂的活著。

所有的不愉快，來自她的自私。因為自私，所以處處計較。和所有的手足反目，沒有朋友，跟鄰居也處不來。稍有付出，一定要求回報，否則就怨聲載道，時時做不平之鳴。……

偏偏她還自視很高，在她的眼裡，別人都愚不可及。真的是這樣嗎？因為自負，她看到的都是別人的缺點，卻看不到自己的不足。也或許她欠缺同情，沒有慈悲心，老是喜歡嘲笑別人；卻不知人生是漫漫長途，她自己也可能因為運氣不好，誤入別人所設計的圈套，鬧得滿城風雨。

我不斷的聽她大肆抱怨，怨了這又怨了那，老是聽聞這些，也讓我的心情變得沉重起來。

顯然，她從不以為自己有錯，還是依然故我，刻薄寡恩。

我的這個朋友就像是反面教材，也像一面鏡子，時時提醒我：千萬別像她一樣。

唐太宗曾說：「以銅為鏡，可以正衣冠；以史為鏡，可以知興替；以人為鏡，可以明得失。」真是千古名言，難怪有史上輝煌的「貞觀之治」，我也的確受教了。

那麼，細想來，一生中，你曾有幾面鏡子？

大步向前行

我是個膽子很小的人。

膽子小，凡事謹言慎行，根本不敢違規做壞事，在父母師長的眼裡，也的確是個循規蹈矩的乖孩子。從來不敢冒險犯難，保守有餘，創新不足，其實也緣於自信不夠。

因為膽怯，我聽話。很多事情不會做，不敢做，都由家人和朋友幫忙。小時候，我以為，由於我的能力不足，所以不能承擔重責大任。為此，我害怕遇到困難，因為我無法處理。

長大以後，我才發現，我根本沒有學習，尤其欠缺累積的經驗，什麼都不會，當然也不會有自信。遇到困難，能推就推，甚至恨不得躲起來。

實在是一個很糟糕的人。

《哈該書》一章5節：「你們要省察自己的行為。」多方的反省和察覺，有助於自我改正。這句話對我來說，的確有醍醐灌頂之效。

幸好，大學畢業以後，我到鄉下教書，遠離了家人和朋友，凡事只好靠自己。事必躬親的結果，我的進步有目共睹，只是，才獨立一個月，我的體重就掉了五公斤。以前，我連說話都省了，搖頭點頭一樣能傳達心中的意思，那又何必言語？教書以後，可是非說話不可了，還得滔滔不絕，這也讓我的口語表達一日千里。然後，聽到有個長輩跟我說：「人活著，就是為了不斷解決來到眼前的所有困難。困難隨時都有的，根本無須害怕。」我是在那個時候，開始獨自面對人生的種種難題，也才發現，一切並不如自己想像的艱困，總有方法可以解決。就在認真的學習裡，能力增加了，經驗也多了些，我逐漸變得自信而從容。

我終究明白，我是可以的，雖然有一點遲。幸好願意學習，也算是「亡羊補牢」吧。

原來，所有的能力都能加以培養，也謝謝周圍的人願意教我。

然後，我訂下人生的夢想，逐漸大步的前行，不再像往日那般畏懼。我知道，一定會有很多的困難橫阻在其中，可是有什麼關係呢？也必然可以挪開的，只要我夠努力，能堅持不懈。精誠所至，金石為開，對我是一種鼓舞。

事實的證明，也的確是這樣。

就在大步向前行時，勇敢無所畏怯。曾幾何時，我發現，自己早已不再那麼膽小了。

我曾經在書上讀過這樣的一句話：「不要害怕，在天空最黑暗的時刻，美麗的星星就要出現了。」我很喜歡。柳暗花明又一村，也總是如此。

所以，我們在年輕的時候，遇到困難，不要心懷怯懦，裹足不前，反而要一再的鼓勵自己，勇敢面對，都會有解決的一刻；更好的是，它還給了我們可貴的經驗和啟發，足以受惠一生。

年輕，是多麼美好的時段，青春可貴，更要好好的珍惜，善加利用。

多嘗試，多歷練，擁抱理想，大步向前行，我們都將擁有更為豐美的人生紀錄。人生的這一遭，並不虛度。

《哈該書》

先知指摘以色列人只顧肉體安舒，不眷念神的殿，以致它荒涼冷落。可是，神並不因此除滅他們，還應許必為他們預備所需物品，甚至把萬國的珍寶運來。

【延伸閱讀】

《哈該書》一章6節：你們撒的種多，收的卻少；你們吃，卻不得飽；喝，卻不得足；穿衣服，卻不得暖；得工錢的，將工錢裝在破漏的囊中。

《哈該書》一章9節：你們盼望多得，所得的卻少，你們收到家中，我就吹去，這是為什麼呢？因為我的殿荒涼，你們各人卻顧自己的房屋。這是萬軍之耶和華說的。

生命的存摺

每個人對生命都有各種不同的看法和比喻，也都十分精當，令人佩服。我個人喜歡視生命為存摺的說法。

既然是存摺，便有存與提的問題，竟有幾分像是耕耘與收穫的關係呢。

如果生命是一本存摺，你最想存進的是什麼呢？

其實，存什麼都好，只要是正向的，光明的，有益的……越多越好，越繽紛就會越美麗。

在我們的生命裡，必須先有儲蓄，才能提領。空空的存摺，是沒有用的，什麼都無法提領。

我有個朋友超優，不只口才好，能言善道，能力也很強，多麼讓人羨慕。可是我很快的發現，他的人緣不好，怎麼會這樣呢？

他無法真誠待人，他自私，只愛自己，他從來就是說一套做一套。原因也在於，他的母親就是這樣的人。

我終究明白，父母是我們今生最大的恩人。父母的疼愛和教導，讓我們擁有更好的人生。

如果生命是一本存摺，我最想存進的是愛。

《馬太福音》六章20節：「只要積攢財寶在天上；天上沒有蟲子咬，不會銹壞，也沒有賊挖窟窿來偷。」說得多麼好啊。值得我們謹遵教誨。

仔細想來，我的個性溫和，待人有禮，我的人緣很好，工作愉快，甚至左右逢源……這一切，都奠基於生命存摺中的愛。

我愛人，也被人愛，上天何其恩寵！單憑這一點，就足以讓我永遠感恩。

一句關懷鼓勵的話

見面時，她跟我提起年少時的往事。

那年，她考上了師專，那是她心目中的第一志願。

報到時，爸爸陪她去學校。她有著天然的卷髮，報到處的老師，卻很不高興的跟爸爸說：「你們就是太寵孩子了。」

可是，在那樣的年代，自然卷哪裡由得了自己？她也不願意跟別人不一樣，老是頂著一頭亂七八糟的卷髮啊。

老師似乎不諒解，讓她覺得日子很難過。她問自己：「還要繼續讀師專嗎？就這麼不快樂的活著嗎？」

有個機會，她因此跟著當年的國中同學一起來看我。

她說：「記得當時老師還跟我說，妳說話的速度慢，又很清楚，是很適合當老師的啊。千萬不要因挫折而阻礙了初志。……真心感謝老師這麼說，也讓我願意堅持下去，好好讀書。」那年她十六歲。

我完全不記得這件事。

可是，我很高興她的願意接納，那些鼓勵的話語才發揮了它的功效，終於她振作起來，努力學習，後來在臺北教書，也讀完夜大。在教育的工作上盡心盡力，各方面的表現也都非常出色，獲獎無數。

原來，一個人在沮喪的時刻，一句關懷鼓勵的話有多麼的重要。

記得《箴言》四章23節說：「你要保守你心，勝過保守一切，因為一生的果效是由心發出。」

心是重要的，它主宰了我們所有的言行。

所以，遇到艱難困頓時，正向思考有必要。

我相信，長大以後的她，一定也會是個心存善念，善用好話的人。

這件事更讓我覺得，這是一個美好良善的循環，也肯定了教育的意義。

其實，我以為，是她的虛心接受，從善如流，才讓事情有了轉機，一切向著更好的方向走去。

祝福她：未來，還會更好。

獨學而無友

教育的起點是家庭，所以，父母是我們今生最初的恩人。

我的朋友在大學教書，常要面對形形色色的學生。

當我們在學生時代，聽話乖巧，對老師執禮甚恭。平日也循規蹈矩，和同學們都有很好的情誼。今日的學生比較活潑也自我，和當年的我們大異其趣。

朋友跟我說了一個真實的故事。

有個學生非常優秀，可是卻是一個聽障者。

他的功課很好，只是獨來獨往，宛如「獨行俠」，沒有朋友。

我很驚訝：「沒有朋友？這不是很嚴重嗎？」

想起，古人早有明訓：「獨學而無友，則孤陋而寡聞」，沒有同儕互動，在我，簡直是不可思議。

「他不覺得。他的父母也不覺得他需要朋友。」

我很難想像。

對一向愛朋友的我來說，沒有朋友？豈不如同生活在荒漠裡，怎麼會快樂呢？我更關心的是：「他是什麼時候聽不見的？」

「據說，從小聽力就很糟，幼稚園就必須戴助聽器。上了大學，有一天突然發現根本聽不見，後來，就裝了電子耳。不過，他一直都讀普通班，和一般的孩子一起求學。」

聽起來，很不錯啊，應該交一些朋友的。

「剛開始時，可能因為聽力不好，溝通不佳，為此而顯得有些退縮。

在沒有得到適當鼓勵的情形下，久了，自然沒有朋友。」

我簡直無法置信。

不論做事，不論聯繫，都需要和人有所往來。即使是研究工作，也講究團隊。將來怎麼辦呢？有一天必須獨力面對現實的風雨，恐怕會困難重重，窒礙難行，真讓人無法想像。然而，冰凍三尺，豈是一日之寒？到那時，又能怪誰呢？何況，對現代人而言，溝通，有多麼的重要。如果關閉了溝通的管道，豈不成了「孤島」？難道他是現代的「魯賓孫」？

最近，他選修了一門課，討論是必須。教授卻發現，他無法和別人討論，顯然並不適合修習這一門課。怎麼辦呢？讓他退選嗎？教授正在尋找另外一門適合他，而他願意選的課。

我說，「還是要和家長聯手，大家一起來幫助他。否則只靠老師，恐怕會事倍功半。」

可是，家長的回應竟然是：「沒有那個必要。」立刻關上溝通的大門。

《加拉太書》六章7節上說：「人種的是什麼，收的也是什麼。」耕耘與收穫是密不可分的。要怎麼收穫，先怎麼栽。從來都是這樣。求學的路上如此，人際關係也是這樣。

家長的不肯支持，我的心裡嘆息。若真有難處，不妨提出來，大家群策群力，一定會有更好的方法，對孩子更是大有助益。然而，家長明白的表示不願支持，將帶來多麼嚴重的後果。

如果將來他不能適應社會環境，這麼優秀的年輕人竟然無法為國所用，不是太可惜了嗎？

不知他的父母是怎麼想的？

微笑暖心

我年輕的時候，不常微笑。

為什麼呢？因為身體不好。我覺得，所有的表情，對我而言，都太累了。

平日裡，無論喝水、吃飯、走路，我都木著一張臉，看不出喜怒哀樂，也看不出情緒的波動。

那，什麼時候才會有表情？

說話的時候。尤其，是站上講台的那一刻，彷彿是「活」了過來。

據我的學生所說：「表情生動，笑容可掬。」我想，應該是真的。身為一個老師，認真把書教好，不是職責的所在嗎？

有一天，應出版社的要求，我開始整理起自己的寫作年表來，有太多的事情其實是有脈絡可循的。就拿說故事來說，原來我在很小的時候就已經十分熱中了，可是，我不是一向很安靜又害羞的嗎？看來，只有說故事能讓我遺忘自己的膽小害怕。

從小，我才剛識字，就被母親帶往圖書館借書看報，當時我最喜歡大華晚報「燈前的故事」。看了不計其數的各國童話故事，並且開始講故事給同學們聽，先是下課的十分鐘，後來聽眾要求熱烈，放學後還留下來講，樂此而不疲，完全忘記自己的害羞。當時就有故事至少百則，是好人緣的開始。

呵呵，這事太有趣了。

正巧我家小弟來吃飯，我跟他談起這事。他說，他小時候也很會說故事。哥哥、姊姊都已經到外地讀書了，家中只有父母跟他，在無意間他發現了幾本外國的童話書，大半是歐洲各國的，故事很長，他都讀到能背了，就在「說話課」說給大家聽，甚至還被老師指派在週會時對著全校同學說。他說：「我也怕死了。」

不知其他的手足如何？改天得來問問。記憶裡，父母都各有各的忙碌，我從小不曾聽過什麼「床邊故事」的。

我後來到國中教書，說故事終於再度派上用場，也一定是因為學生們的一再鼓勵，才能差強人意。我到現在對自己當年的故事能大受歡迎，還是半信半疑，以為是在夢中。

也是很久以後了，我離開了職場，閒居無事，去學了游泳，拜日日晨泳所賜，健康狀況改善很多，人生也因此由黑白變成了彩色。此後，倒時常保持微笑。微笑，不只帶來好心情，也帶來更多的幸運。

從此，我成了一個時時微笑的人，可惜我當年教的學生不曾看到這樣的光景，在他們的印象裡，我恐怕一直都是很嚴肅的吧。

微笑面對，讓所有的景物都變得更加柔和可親，也讓眼前的世界變得加倍繽紛美好。我也很歡喜。

想起《雅各書》四章17節：「人若知道行善，卻不去行，這就是他的罪了。」那麼，如果我知道微笑種種的好，卻不微笑，我以為，也是不宜的，不是嗎？

人生的快樂也在分享，微笑，尤其具有感染的力量。

微笑，彷彿是一種投射。你看，對面走過來的人，也一樣對我綻放友善的微笑呢。

堅持之難

堅持難不難？

當然很難。

在人生的長途裡，你曾經堅持過嗎？為一場美麗的夢？一個遙遠的理念？或是一份濃烈的興趣？

好朋友從美國回來，我們因此見了一面。

她是個兒童文學作家，曾寫過好幾本書，市場的反應也非常好。然而，這些年來，她的興趣轉向中醫，換跑道、考托福、花了很多心力到美國讀書，繼續鑽研，學成後，就留在美國懸壺濟世。童書，當然早就不寫了。

我談起曾經看過她外甥女的臉書，也的確寫得很好。她說，可惜研究工作太忙，也不太有空。

想起自己年輕時，要工作，要寫稿，如何兼顧呢？只記得，常常累到幾乎要昏倒。

可是，也唯有堅持，才能看到成果。

我說：「當今有才華的人其實不少，然而寫作最大的困難，恐怕仍在長久的堅持。」

能堅持寫二十年、三十年嗎？能天天寫，毫不懈怠嗎？能面對種種困難打擊，依舊不忘初衷、認真以赴嗎？

有一天，我的學長打電話來，談到他有一個喜歡下棋的朋友，棋下得並不算好，可是次次與會。每場比賽的過程都經過長考，落子緩慢，即使輸了也毫不苟且，下一場比賽，依舊冷靜的下棋，看來情緒完全不受影響，還是經過長考，還是審慎落子。的確，興趣是他的後盾，笑罵且由人，他從不放在心上，更不改其志。

就這樣，從年輕下到年老。直到七十歲時，打遍全台無敵手，終於一戰成名。

當年棋下得比他好的那些人呢？由於各種因素，無以為繼而早早離開了棋壇，久了，也就煙消雲散，那些曾經閃耀一時的名字，很快就被遺忘了。

堅持，多麼難！堅持，也多麼可貴！

《詩篇》一二一章1節：「我要向山舉目。」艱難的途程所在多有，唯有努力穿越種種不幸，奮力走過絕望的泥淖，我們才可能看到亮麗的人生成績。

的確，只有不畏困難，能一直堅持到最後的，才能真正得到美麗的冠冕。那樣的毅力，讓人由衷的佩服。

寫作如此，下棋如此，做其他任何的事，如果想要出人頭地，又何嘗不是這樣呢？

上天的祝福

他曾經是我課堂上的學生，別後多年，我們相逢。他早已長大，也有了一些不同的閱歷。

他跟我說，人生都走到了中年時，他才有機緣開始學大提琴，偏又太熱中了，沒有想到卻把自己給弄傷了，不知能不能恢復？或許，復健的時間需要非常的長久。

我聽了，有多麼的不捨。簡直說不出話來。怎麼會弄成這樣？

我說：「還是回來寫文章吧。寫文章不會讓你受傷。」

他的文章寫得好。

起先他寫散文，囉哩囉嗦，每回我都跟他說：「要刪，要刪。」更要命的是，他常忍不住要跳出來說理，更是犯了寫作上的大忌。幾年以後，有一次，他試寫極短篇，多麼讓人驚艷。所有的漫蕪枝節全都不見了，直指核心，也大快人心。好精采！

於是，每回我有機會跟他說話時，我常會問他：「最近，寫文章了嗎？」

他有各種回答，例如，很忙、找不出時間、另外有事……在我聽起來，都不是理由，純屬藉口。

堅持，的確是不容易的。然而，也唯有堅持，才看得到成績。

尤其，並不是會寫了，就可以永遠保持在這樣的程度和功力。學如逆水行舟，不進則退。這話用在讀書上是有道理的，寫作也一樣適用。

韶華不待人。對每個人來說，都是同樣嚴酷的試探。

我們唯有追趕著時光，奮力前行，才有可能見到成果。

記得《馬太福音》七章7節：「你們祈求，就給你們；尋找，就尋見。叩門，就給你們開門。」人生的追求無有止盡，真理更是一切的高峰。唯有毫不懈怠，努力尋求心靈之光，才會有真正的喜悅和滿足。

然而，也或許，這一切仍有幾分的天意吧。

作家必然經過上天的揀選，從來不會是單一的努力或才華就能達成。

上天的深意，平凡的我們如何能明白呢？恐怕也要在很久很久以後，歷經種種挫敗的考驗，我們才恍然大悟：「上天關上了門，卻開了另一扇窗。」

我願意相信，其中仍有上天的祝福。

才華和努力

他是我很敬重的學長，有時候，我送一些市面上得獎的書給他，也包括我自己的新書，目的是想知道他的看法。

他的確讀得仔細，儘管不是所有的意見我都同意，但是可做為參考。畢竟像他這樣認真看書的人已經很不容易遇到了；何況，他自己也寫得好。顯然，不是看熱鬧，而是看門道。

曾經，我們的看法最分歧的，在於作家的才華和努力。當然，能兩者兼具，最是讓人羨慕，可是那又太難了。

我以為：「兩者不可偏廢。如果一樣努力，那麼以才華定高下；如果都有才華，那就看誰更努力了。」

他卻說：「不，努力才是重點。」

他常憤憤不平的跟我說：「當別人說我的文章好，才華洋溢。可是，為什麼都看不到我的努力呢？」

在我是切身體驗，我也的確羨慕他能擁有這般耀眼的才華。我說：「才華是上天給的禮物，那是努力所無法企及的。」

每次我們一談到這裡，簡直就要不歡而散了，只好暫且停下，另換話題。

幾年以後，有一天，他跟我說：「有些人簡直不行，底子太差，根本不能寫。看來，創作還是不能完全沒有才華。」

或許，珍貴也在這裡吧。

沒有才華，恐怕無法走上創作的路。沒有努力，縱有才華，創作無法持續，只怕也是徒然。

很不容易的，看待寫作，我從來戒慎恐懼。

最近，我讀卡恩的《白鳥之歌：大提琴家卡薩爾斯的音樂和人生》，在推薦序中，焦元溥說：「真正讓卡薩爾斯不朽的，則是其專注凝練，將個人意志與精神思想完全注入聲音，人琴合一的超凡演奏。」文學創作又何嘗不是這樣？孜孜矻矻，全神貫注，方能有成。我從來不相信，散漫敷衍，得過且過，交得出什麼好成績？書裡，卡薩爾斯有一段敦促年輕音樂家的話，是我很喜歡的：「不要因為你剛好有才華而感到虛榮。那不能歸功於你，不是你的成就。重要的是你用你的才華做了什麼。你必須珍惜這份禮物，不要貶低或浪費你的天賦。要努力，不斷努力來滋養它。」其實，也更周延的闡發了才華和努力的關係。多麼讓人為之嘆服！

你呢？你能找出比這更好的解說嗎？

每次，我一想到年華如水流，常不免瞿然心驚。韶光不為任何人而停留，我們手中能掌握的歲月其實有限，很快就要逝去，尤其是在回顧時，多麼害怕只剩下一聲嘆息！

也許，一切也都如聖經《傳道書》一章9節：「日光之下並無新事。」

當我走在大自然裡，看花開花落，如果仗恃著早晨花開時繁盛的那一刻，你且看它黃昏時的凋零又是何等的淒涼！沒有新奇之事，當然就平靜地接受，而無須驚訝不已。

一切都得等到最後的時刻，我們終究明白：此生，我們盡所有的才華和努力，到底為我們的世界增添了什麼？

第一塊磚

她來看我，並且帶來了她寫的第一本書送我，讓我特別的歡喜。

終於，也有當年課堂上的學生回贈了自己的書給我了。那種感覺很不同，既是同好，有意義的事，尤其，還有幾分傳承的意味。

記得當時她年少，文章就寫得很不錯，幾次得獎，更讓她成為校園中備受矚目的焦點。只是，寫作的路途太遙遠，過程又極為艱難。她真的準備好要走上寫作的路嗎？我終究沒有問。

然後，我調校回台北，她則繼續升學，我們一直有信件的往返。

她還曾送了我她的結婚照，人生已然是另一番風貌了。

然而，上次見面時，她失婚，丈夫賭錢又家暴，那樣的婚姻逼得她無法繼續待下去，很快的決定離婚，沒有要贍養費，還要養兩個幼子，兒子還很小，好像都還在念幼稚園。那已經是二十年前的事了。

想來，那樣的婚姻是讓她絕望的，但能如此快刀斬亂麻，也的確很有幾分果斷和決絕。

此後，她扛下了很重的責任。養家活口，母兼父職。

九年前，娘家父親過世以後，她接母親來住。哥哥的身體不好，有時還需要靠她照應，後來，連單身的舅舅也一起住進來了。

她看來嬌嬌弱弱的，卻能這樣的堅強獨立，真是少人能及。

原來，她的書三年前就出版了，印得很漂亮，那是她文學奠基的第一塊磚，真是可喜可賀。

創作，也可以是一個出口。祝福她越寫越好，收穫豐盈。

當年，我在歷史課上，曾經和許多出色的學生結緣，到現在也一直都有連絡，他們也果然頭角崢嶸，奉獻所學，多有建樹。她，卻在我的國文課上，別後多年居然交出了一本書，真讓人歡欣鼓舞。出第一本書是艱難的，希望她再接再厲，卓然有成。

我記起《哥林多前書》九章24節：「豈不知在場上賽跑的都跑，但得獎賞的只有一人？你們也當這樣跑，好叫你們得著獎賞。」希望能和她共勉。

寫作是漫漫長途，堅持是必要。

第一塊磚已經擺下了，相信未來，會有更多的磚出現，可以砌成華廈，也會是美麗的心靈殿堂。

我的祝福，她知道嗎？

誠實面對

有些人以逃避來面對人生的難題，然而，逃得了一時，卻逃不了永遠。我以為：誠實面對，才是上策。

她在一所明星高中教書，當年頂著名校高學歷的光環進入，備受矚目。校長很看重她，給了幾分禮遇；她的姿態也高，不太搭理其他的同事。

其實，每個人都各有優點。尤其，教書是良心的事業，有愛心、肯付出的老師比比皆是，教的也未必不如她。

後來她結婚了，有了兒女，成為資深老師。大家相處多年，她的倨傲方才稍稍收起。

有一年，聽說她把女兒送往法國讀書，法國生活很貴，這是大家都知道的事。

一天，幾個好同事私下談起，驚訝的發現，她跟在場的每一個人都借過錢，從幾萬、十幾萬、幾十萬到百來萬都有。理由也都大同小異，說是女兒在法國讀書，一時缺錢。……讀書是好事值得鼓勵，聽到的人也就首肯幫忙。甚至一次又一次的借出，累積的金額也就越滾越大了。

大家以為，或許就這幾個人吧，畢竟是教同一個學科，彼此相熟。後來才發現，不只這樣，幾乎席捲了全校老師，累積的金額之高，早已無法想像。

後來女兒學成回國，卻又因為工作不好找，而有一搭沒一搭的，自顧尚且不暇，哪有餘力還債？未幾她退休，欠錢的事毫無交代，過兩年，人就不見了，沒有人知道她去了哪裡？彷彿從人間蒸發一般。

就是為了錢，而斬斷了所有的情誼？

如此，把自己孤立起來，這樣做，是好還是不好呢？

沒有人可以分享悲喜，沒有人可以給予支持、安慰、共勉，你會願意這樣嗎？

其實以她的不錯的學經歷，她可以另找私校專任，除了拿退休金外，還有另一份薪水。除了家用開銷，也可以慢慢把債務還清一些；或者說明白，經過大家的同意，只還幾成。

她到底是債多不愁？還是存心想要賴債？

我曾讀過《詩篇》卅七篇23節：「義人的腳步被耶和華立定；他的道路，耶和華也喜愛。」然而，神愛世人，對正直的人固然心生喜悅，對迷途的羔羊更是聲聲召喚和加以撫慰，希望他們能回歸正軌，言行不逾矩，也同樣得到他人的敬重。

人間行路，沒有人是時時順遂的；然而，逃避絕不足取。誠實面對，才可能給自己更好的機會，相信人生也會因此不同。

向著夢想靠近

讀大學時，她發現她讀錯了科系。

那麼，應該想辦法轉系；要不，就重考。不是這樣嗎？

結果，她還是讀到畢業。

難道，是想考研究所時再更換跑道嗎？

也沒有。研究所還是讀原來的科別。

拿到碩士學位了，但是她無法學以致用，因為她毫無興趣。她的興趣在設計。她曾經跟母親商量，希望母親能支援她到日本學設計。母親不肯。

於是，她四處打零工，賺一點小錢養活自己。得過且過，卻不曾向著夢想靠近。

唉，又是一個想得多，卻做得少的人。

宛如我年少時讀過的，俄國小說家屠格涅夫的《羅亭》，總是夸夸其言，卻不見行動。是個說話的「巨人」，卻是個做事的「侏儒」。一旦真相大白，怕只招來旁人的鄙薄而已。

然而，這能怪誰呢？每個人難道不應該為自己的人生負責嗎？

我相信，唯有以積極的心態，認真追求夢想，才有可能改變自己的未來。如果什麼都不做，光等著上天降下好運來，哪有任何改變的可能呢？緣木求魚，從來都是一則笑話而已。

詩人紀伯倫曾經這樣寫著：「如果夢想是人生之船的舵，那麼態度則是人生之船的帆。」一個人面對生活的態度，必然會影響，甚至決定了自己未來將航向何方。

光有滿腦子想法，毫不作為，這哪裡是應有的處事態度呢？一個人，倘若不能劍及履及，努力做去，那麼，縱有夢想，一切也只是夢幻罷了。

我喜歡《箴言》十二章24節中所說的：「殷勤人的手必掌權；懶惰的人必服苦。」不斷的努力是必須。勤快的人才有扭轉時機、反敗為勝的可能。

確實如此。實踐，才能讓夢想真正落實。

請先努力靠近夢想，憑自己的毅力，堅持而認真的走去，夢想才會有成真的一日。

我的心情，人生的歌

聖經的金句充滿了智慧，讓它和自己的心情結合起來，也寫一篇心靈的獨白……

不多的文字，卻句句都出自真誠的心。其中，有歡喜的淚，也有憂傷的歌。

請記得，我們永遠與愛同行。

慢讀聖經
——寫給每個人的生命智慧

作者	琹涵
執行長	陳蕙慧
主編	陳瓊如
校對	琹涵、王敏萱
內頁設計	陳宛昀
排版	宸遠彩藝
社長	郭重興
發行人兼出版總監	曾大福
出版	木馬文化事業股份有限公司
發行	遠足文化事業股份有限公司
地址	231 新北市新店區民權路 108-2 號 9 樓
電話	(02)2218-1417
傳真	(02)2218-1009
Email	service@bookrep.com.tw
木馬部落格	http://blog.roodo.com/ecus2005
木馬臉書粉絲團	http://www.facebook.com/ecusbook
郵撥帳號	19588272 木馬文化事業股份有限公司
客服專線	0800-221-029
法律顧問	華洋國際專利商標事務所 蘇文生律師
印刷	呈靖印刷股份有限公司
初版一刷	2018 年 3 月
定價	330 元

國家圖書館出版品預行編目

慢讀聖經：寫給每個人的生命智慧 / 琹涵著 . -- 初版 . --
新北市 : 木馬文化出版 : 遠足文化發行 , 2018.03
面；　公分

ISBN 978-986-359-509-0(平裝)

855　　107002336